André Schliebs
Winter im Blauen Land

Januar.

Eisiger Wind streicht durch das Loisachtal.
Der Winter hat das Land gepackt.
Zwei Mutige wagen die Wanderung zum Osterfeuerkopf. Als sie ihren Erfolg im Gipfelbuch dokumentieren wollen, fällt ihnen ein Abschiedsbrief in die Hände. Sie verständigen die Polizei.

Am gleichen Morgen.
In der Partnachklamm Garmisch-Partenkirchen herrscht klirrende Kälte.
Touristen entdecken die Jacke einer Frau.
Was ist hier geschehen?

Kommissar Meier schenkt beiden Funden wenig Beachtung. Doch dann wird eine junge Frau als vermisst gemeldet.

Anja Klein ist sich sicher: Es wurde gemordet im Landkreis. Schon zum zweiten Mal seit ihrem Dienstantritt.

Der Autor:

ANDRÉ SCHLIEBS, Jahrgang 1971, ist Betriebswirt und führte viele Jahre ein Handelsunternehmen in Nürnberg. Jetzt lebt er mit seiner Familie in Murnau am Staffelsee. „WINTER IM BLAUEN LAND“ ist nach „MORD IM BLAUEN LAND“ sein zweiter Kriminalroman.

André Schliebs

Winter im Blauen Land

Kriminalroman

ISBN: 97 98 75 33 666 10

9,99 €

Für Emma, Oliver und Niklas

Prolog

Heimlich nahm sie die Fotografie vom Schreibtisch. Robert in seiner roten Badehose. Im Rücken hatte er ein Handtuch mit beiden Armen aufgespannt, als wollte er es sich im nächsten Augenblick um die Schultern legen. Seine Haare glänzten nass. Er lächelte.

Sie erwiderte sein Lächeln, als stünde er leibhaftig vor ihr. Dann presste sie das Foto an ihre Brust und verlor sich in Erinnerungen an jene Zeit, als Robert und sie noch ein Paar gewesen waren.

„Was treibst du denn in meinem Zimmer, Melanie?“ Die Worte ihrer Zwillingsschwester, die womöglich schon länger im Türrahmen gestanden und sie beobachtet hatte, klangen vorwurfsvoll. „Stell das sofort zurück!“

Melanie blickte erschrocken auf und versuchte, das Bild vor ihrer aufgebrachten Schwester zu verbergen. Doch Victoria eilte mit kurzen, schnellen Schritten auf sie zu und entriss ihr das Objekt der Begierde.

„Robert ist jetzt mein Mann, wann kapierst du das endlich, liebste Schwester!“ Theatralisch rollte sie mit den Augen und knallte das Foto zornig zurück auf den Schreibtisch.

„Noch ist er es nicht“, erwiderte Melanie ruhig.

„Wir heiraten in zwei Wochen, schon vergessen?“ Aggressiv stieß Victoria mehrmals ihren Zeigefinger gegen Melanies Stirn.

„Da wäre ich mir an deiner Stelle nicht so sicher.“

Victoria stemmte die Hände in die Hüften. „Was soll das denn heißen? Willst du mir Robert etwa in letzter Minute streitig machen?“ Victorias siegessicheres Lachen füllte den Raum.

„Warum eigentlich nicht?“, entgegnete Melanie, die Mundwinkel zu einem spöttischen Lächeln verzogen.

„Wie willst du das anstellen? Du könntest dich nackt zu Robert ins Bett legen und er würde dich nicht anrühren. Nicht mal anschauen würde er dich!“

„Vielleicht täuschst du dich ja, Schwesterherz!“

„Niemals, Melanie! Er schätzt nämlich meine Kurven, wie du weißt. Schau dich doch an! Kein Wunder, dass er sich für mich entschieden hat, du flachgepresste Bohnenstange!“

Melanie wusste, dass sie ihrer Schwester nicht das Wasser reichen konnte. Victoria war attraktiver, sportlicher und beliebter als sie. Sie tanzte eleganter und musizierte virtuoser. Auf dem gesellschaftlichen Parkett war es Melanie niemals gelungen, so zu strahlen wie Victoria. Sie hatte gelernt, klaglos in der zweiten Reihe zu stehen, und kaum noch Versuche unternommen, Victoria auszustechen.

Doch Roberts Seitenwechsel stand auf einem anderen Blatt. Die schwere Demütigung, ihn an Victoria zu verlieren, konnte sie keinesfalls auf sich sitzen lassen.

„Ich werde Robert zurückerobern! Ich weiß, dass er mich noch liebt!"

„Mach dich nicht lächerlich, Melanie! Ich wusste gar nicht, dass du so sehr an Selbstüberschätzung leidest! Robert frisst mir aus der Hand. Er kehrt niemals zu dir zurück. Hast du schon vergessen, wie leicht es für mich war, ihn dir auszuspannen?"

Beißender Schmerz durchfuhr Melanie. Die Erinnerung an diesen Abend trieb ihr Tränen in die Augen. Robert hatte ihr alles bedeutet. Pläne hatten sie geschmiedet, gemeinsam fortgehen wollten sie, die Welt erkunden, sogar eine Blitzheirat in Las Vegas hatten sie in Betracht gezogen. Doch dann, es war am Abend des Abschlussballs der Tanzschule Blaues Land, war Robert Victoria begegnet und sämtliche Zukunftsvisionen hatten sich in Luft aufgelöst. Roberts Eltern, die Besitzer der Tanzschule, veranstalteten alljährlich dieses rauschende Fest im Kultur- und Tagungszentrum Murnau. Sie hatten nicht nur Melanie, sondern gleich ihre ganze Familie mit eingeladen. Melanie hatte die besondere Gelegenheit nutzen wollen, um Robert endlich ihren Pflegeeltern vorzustellen, doch das hatte schließlich Victoria für sie übernommen: „Mama, Papa: Das ist Robert, mein neuer Freund!"

Jedes einzelne Wort hatte sie als Schlag ins Gesicht empfunden. Geschüttelt von Weinkrämpfen war Melanie nach Hause gerannt und nach einer schlaflosen Nacht hatte sie sich geschworen: So würde sie Victoria nicht davonkommen lassen. Dieses Mal war sie zu weit gegangen.

Am darauffolgenden Morgen war Melanie in den örtlichen Schützenverein eingetreten. Und jetzt war endlich der Moment gekommen, um Victoria die Rechnung zu präsentieren.

„Robert wird sich auf unsere Liebe besinnen, sobald du weg bist!"

Victoria, die bereits auf dem Weg zur Tür war, drehte sich irritiert um. Ihr Blick fiel erst auf Melanies hasserfüllte Augen und dann auf den Revolver, dessen Lauf auf sie gerichtet war.

„Was willst du denn mit dem Spielzeug?", stieß sie mit einem gezwungenen Lächeln hervor. Die Angst in ihrer Stimme war unverkennbar.

„Das wirst du gleich sehen, du Schlange!" Melanie hob beide Arme und zielte auf Victorias

Kopf. „Leg dich aufs Bett! Schnell, wenn dir dein Leben lieb ist!"

„Hey Mel, was soll das? Leg das Ding weg! Du machst mir Angst!"

„Auf das Bett, sage ich! Los!"

„Was hast du vor, Melanie? Hör auf damit! Wir sind doch Schwestern!" Victoria tastete sich zum Bett, den Revolver mit den Augen fixierend.

„Hinlegen!"

Victoria gehorchte.

„Lies das!"

Mit zitternden Fingern entfaltete Victoria des Blatt. Die Mündung der Waffe berührte ihre Schläfe. Bereits das erste Wort ließ Victoria versteinern: *Abschiedsbrief.*

„Unterschreib! Jetzt sofort!"

Dann knallte ein ohrenbetäubender Schuss.

„Du wirst Robert nicht heiraten! Falls doch, schieße ich mit Sicherheit nicht wieder daneben!"

1

Eisiger Wind strich durch das Loisachtal. Der Winter hatte das Land gepackt. Erfolglos kämpfte die Sonne an jenem Januarmorgen gegen die beißende Kälte. Ihre Strahlen entlockten den verschneiten Dächern von Eschenlohe ein diamantenes Glitzern und kitzelten die feinen Nebelschwaden auf den angrenzenden Wiesen. Alle Geräusche schienen verschluckt vom tiefen Schnee. Der Wanderparkplatz lag verlassen am Waldrand, nur ein einziger Wagen mit Mannheimer Kennzeichen hatte sich hierher verirrt.

„Nun mach schon! Zieh endlich die Grödeln an!"

„Die Grödeln?" Der Mann machte ein Gesicht, als wäre seine Frau nicht von dieser Welt.

„Na, die Steigeisen, die ich dir zu Weihnachten geschenkt habe, die sollst du über deine Schuhe ziehen!"

„Ist das denn wirklich nötig?"

„Ja, Dietwald. Du wirst mir noch dankbar sein."

„Dankbar wäre ich, wenn ich im Hotel sitzen, die Zeitung lesen und noch einen Kaffee trinken könnte, anstatt bei dieser Eiseskälte Schneeketten anzulegen."

Dietwald hatte seine Frau Gabi und ihre Freundin Inge nie bei ihrer alljährlichen Winterreise ins Alpenvorland begleitet. Doch in diesem Jahr hatte Inges kurzfristige krankheitsbedingte Absage Dietwalds Pläne, eine entspannte Woche allein zu Hause zu verbringen, zunichtegemacht. „Freilich kommst du mit!", war Gabis Schlusswort gewesen, obwohl Dietwald ihren Vorschlag, an Inges Stelle mitzufahren, vehement abgelehnt hatte. „Du wirst mich doch nicht allein auf die Berge kraxeln lassen!"

Und nun stand er hier, am Fuße des Osterfeuerkopfes, in Funktionsunterwäsche, Skitourenhose und Daunenjacke, mit kettenbesohlten Wanderstiefeln, Gore-Tex Handschuhen und Skimütze. „Mit der richtigen Ausrüstung wird es dir dermaßen gefallen, dass du nie wieder nach Hause möchtest." Gabi hatte schon immer zu Übertreibungen geneigt. Um seiner Frau den Spaß nicht zu verderben, hatte Dietwald nur innerlich den Kopf geschüttelt und anschließend die tausend Euro auf den Kassentresen des Outdoor-Ausrüsters geblättert.

„Waldi, wo bleibst du denn?"

Dietwald blickte auf. Gabi war schon einige Schritte voraus gestapft und winkte euphorisch. Mit einem Brummen setzte er sich in Bewegung. „Zwei Stunden nur bergauf“, grummelte er. Wehmut erfasste ihn bei dem Gedanken, wie gemütlich er es daheim vor dem Kamin haben könnte, in seinem Lieblingssessel sitzend mit einem guten Buch in der Hand.

Seine nagelneuen Globetrotter versanken bei jedem Schritt vollständig im pulvrigen Schnee. Trotz der Grödeln fanden seine Füße kaum Halt auf dem wurzeldurchzogenen Boden, der unter dem Schnee hartgefroren und stellenweise vereist war. Steil ging es nach oben. Viel zu steil, fand er. Schon jetzt musste er sich redlich mühen, um seiner Frau zu folgen, die den Anstieg flotten Schrittes meisterte. So sportlich hatte er seine Gabi gar nicht eingeschätzt. Im Vergleich zu ihr war er regelrecht lahm. Bestimmt lag es an den Teleskopstöcken, mit denen sich Gabi schwungvoll abdrückte. Er selbst lief freihändig. Mit Stöcken zu laufen hatte er abgelehnt. „So alt bin ich auch wieder nicht“, hatte er getönt, als der Verkäufer ihm diese Dinger auch noch hatte schmackhaft machen wollen. Vielleicht hätte er die achtzig Euro doch investieren sollen?

„Herrlich, oder?“ Gabi atmete tief ein und wieder aus. „Sieh mal!“ Sie zog eine Hand aus der Schlaufe des Teleskopstocks und zeigte auf eine Lücke zwischen den Bäumen.

„Verschneite Fichten, wie unerwartet!“ Dietwald versuchte gar nicht, seinen Widerwillen zu verbergen.

„Ich meine doch die Aussicht, Waldilein! Die Bergspitze dort drüben, die wie ein Koffer aussieht, das ist die Hohe Kiste.“

Das in Schnee gehüllte Estergebirge leuchtete hell in der Sonne. Gabi zog die Sonnenbrille vom Kopf ins Gesicht. Eine Schutzbrille gegen drohende Schneeblindheit zu kaufen, hatte Dietwald ebenfalls großspurig abgelehnt. Jetzt kniff er die Augen zusammen und blinzelte kurz in die angewiesene Richtung. „Wunderschön“, murmelte er. „Lass uns weitergehen! Auf keinen Fall will ich das Mittagessen verpassen.“

Zwei Stunden später waren sie immer noch nicht am Ziel. Dietwald verlor langsam die Geduld. Er schwitzte. Die teure Unterwäsche war durchnässt. Offensichtlich funktionierte der Feuchtigkeitstransport doch nicht so reibungslos, wie es das Etikett angepriesen hatte. Außerdem kratzte die Mütze an der Stirn und, als wenn das noch nicht genug wäre, hatte er sich an beiden Füßen Blasen gelaufen. Doch seiner Frau gegenüber wollte er keine Schwäche zeigen und so marschierte er weiter tapfer hinter ihr her. Endlich kam ihr erlösender Ruf: „Wir sind da!“

Dietwald hob den Kopf. Die Sonne blendete, die Füße schmerzten, die Waden brannten.

„Fantastisch!" Gabi lehnte ihren Rucksack ans Gipfelkreuz, zog ihr Handy heraus und schaltete es ein, um die prächtige Bergkulisse einzufangen. „Schau doch, die Zugspitze!" Immer wieder drückte sie den Auslöser, während sie sich in alle Himmelsrichtungen drehte. Dann wandte sie sich an ihren Mann: „Magst du etwas trinken? Du musst doch ganz vertrocknet sein. Dein erster Berg. Toll, oder? Alles okay bei dir? Passen die Schuhe? Wie geht's dir denn? Nun sag doch was!"

Dietwald winkte ab. Er hatte den kleinen Kasten direkt am Gipfelkreuz entdeckt und sich sogleich daran zu schaffen gemacht. Nur kurz hatte er den Blick nach unten gerichtet und dabei beschlossen, dass sich die Strapazen und das investierte Geld für keine Aussicht der Welt gelohnt hätten. Seine geliebten Bücher brachten ihn mühelos und wesentlich kostengünstiger an alle Traumplätze, die er sich vorstellen konnte. Aber was tut man nicht alles für seine Frau.

Der Deckel des Kästchens klemmte. Es brauchte Geschick und auch etwas Kraft, um ihn zu lösen. Dann hielt er ein Büchlein und den Bleistift, der darin gesteckt hatte, in den Händen.

„Das ist das Gipfelbuch", rief Gabi ihm zu. „Blätter mal zurück zum letzten Januar! Inge und ich, wir sind jedes Jahr hier oben und tragen uns darin ein."

Dietwald traute seinen Augen nicht. Gabi stand mit freiem Oberkörper in der Sonne und verstaute ihre Wäsche in einer Tüte. Dieser Anblick war schon eher nach seinem Geschmack.

„Was tust du da?“, fragte er angenehm überrascht.

„Ich ziehe mir trockene Sachen an“, lachte Gabi. Dietwald schloss den Mund und begann, die Einträge im Gipfelbuch zu studieren. Plötzlich fiel ihm ein mehrfach geknicktes Blatt Papier in die Hände. Er faltete es auseinander und las:

- Abschiedsbrief -

Liebste Schwester!

Wenn du diese Zeilen liest, lebe ich nicht mehr. Ich bin nicht länger ein Hindernis für dich. Bestimmt tanzt du jetzt vor Freude. Endlich hast du freie Bahn bei Robert. Und auch sonst werde ich deine Pläne nicht mehr durchkreuzen.

Tritt aus meinem Schatten, Mel! Ernte die Lorbeeren, die bisher immer nur ich errungen habe! Jetzt bist du an der Reihe. Ich gehe und mache den Weg frei für dich.

Wie traurig, dass dies das Beste ist, was ich je für dich getan habe. Verzeih mir!

Unterschrieben war der Text mit einem einzigen Wort: *Victoria.*

„Ein Abschiedsbrief!“ Dietwald wurde hektisch. „Ob sich die Frau wohl hier heruntergestürzt hat?“ Das Blatt war nicht datiert. Hinweise, wann es abgelegt worden war, gab es keine. Vielleicht vor Wochen? Vor Tagen? Oder erst vor Stunden?

Hastig trat Dietwald vor und wagte einen Blick in die Tiefe. Ihm wurde schwindlig. Der grell leuchtende Schnee blendete ihn. Von Victoria keine Spur. Ringsum nur unberührter Schnee. Das Drama, das sich möglicherweise hier abgespielt hatte, musste schon etwas zurückliegen. Trotzdem machte sich Hoffnung in seinem Kopf breit und er spürte das Verlangen, der Frau zu Hilfe zu eilen. Gabi, die den Brief inzwischen ebenfalls gelesen hatte, sprach ihm aus der Seele als sie rief: „Vielleicht lebt diese Victoria noch! Wir müssen sofort die Polizei verständigen!"

Dietwald riss seiner Frau das Handy aus der Hand und wählte den Notruf.

2

„Was ist eigentlich aus diesem Psycho geworden, deinem verrückten Schriftsteller? Seit der Verhandlung hab ich ihn nicht wiedergesehen. Du etwa?“

Saskia Buntler tastete nach der Stelle an ihrem kurz geschorenen Hinterkopf, an der noch vor fünf Monaten ihr ganzer Stolz, eine lange geflochtene Haarsträhne, gehangen war. Der „Psycho“, wie sie Georg Brandstetter zu nennen pflegte, hatte diese damals mit einem Messer abgeschnitten und ihr dabei Todesangst eingejagt. Der verbliebene Stummel maß heute bereits wieder mehrere Zentimeter. Die Strähne nachwachsen zu lassen, hatte Saskia nie in Frage gestellt, auch wenn sie dadurch regelmäßig an den „Psycho“ erinnert wurde.

„Du weißt doch, dass seine Haftstrafe zur Bewährung ausgesetzt wurde. Erst vor Kurzem habe ich ihn im Tengelmann Center getroffen.“ Anja Klein nahm eine Semmel aus dem Brotkorb.

Die junge Kommissarin und ihre beste Freundin Saskia frühstückten fast täglich gemeinsam. Schließlich lagen ihre Wohnungen direkt nebeneinander und zu besprechen hatten sie immer etwas. In einen spektakulären Mordfall wie im August des vergangenen Jahres, als Anja gerade ihren Dienst bei der Kripo Garmisch-Partenkirchen angetreten hatte, waren sie beide jedoch nicht mehr verwickelt worden.

„Echt? Du bist ihm begegnet? Was hat er gesagt?“

Anja schnitt die Semmel in zwei Hälften. „Er lebt wieder in seiner Villa am Staffelsee mit seiner Frau und den Kindern. Von Scheidung ist wohl keine Rede mehr.“

Saskia bekam den Mund nicht mehr zu. Der Mann, der die ganze Welt mit seinem Buch zum Narren gehalten hatte, spazierte unbehelligt durch Murnau, und ihre Freundin hielt es nicht einmal für nötig, ihr davon zu berichten?

„Bist du immer noch in ihn verknallt?“

Anja zögerte, schluckte dann aber rasch ihren Bissen herunter und antwortete: „Ehrlich gesagt, habe ich mir letztes Jahr nichts mehr gewünscht, als Georg Brandstetter als freiem Mann zu begegnen. Insgeheim habe ich sogar von einer gemeinsamen Zukunft mit ihm geträumt, aber als er dann so vor mir stand, habe ich nichts gefühlt außer Mitleid."

„Mitleid?"

„Ja, Saskia. Nur Mitleid. Ich war selbst überrascht. Es ist genau das eingetreten, wovor sich Georg so gefürchtet hat. Alle haben sich von ihm distanziert. Alle außer seiner Ehefrau. Freunde, Bekannte, Schriftstellerkollegen. Selbst die größten Fans unter seinen Lesern verachten ihn heute, im Netz wird er gnadenlos angefeindet. Er traut sich kaum, auf die Straße zu gehen. Wirklich traurig, was aus diesem hochtalentierten Mann geworden ist."

„Selbst schuld!", befand Saskia gnadenlos. „Immerhin ist er jetzt stinkreich. Das hat er nun von seiner Geldgier."

„Ich glaube, Reichtum spielte für ihn nur eine untergeordnete Rolle. Er war süchtig nach Erfolg."

Anja stand auf. Ihr Blick fiel auf die weiße Pracht unter ihnen. Dächer, Gärten, die Berge im Hintergrund: alles herrlich eingeschneit. Zum Glück beinhaltete ihr Mietvertrag einen Stellplatz im Carport. Sie würde ihren Polo also nicht freischaufeln müssen. Anja war spät dran an diesem Montagmorgen und die Verkehrslage auf der B2 Richtung Garmisch-Partenkirchen würde nach einer schneereichen Nacht wie dieser sicher nicht dazu beitragen, die Fahrtzeit zu verkürzen. „Ich muss los. Bis später, Saskia!"

Während der Fahrt zur Polizeistation dachte Anja mit einem Kopfschütteln zurück an ihren ersten Mordfall. Wie naiv sie doch damals gewesen war. Sie hatte sich tatsächlich in einen Mann verliebt, der im Verdacht stand, ein mehrfacher Frauenmörder zu sein. Wo war nur ihre Vernunft geblieben? Immerhin profitierte sie nach wie vor von Brandstetters Erfolgsrezept. Die Wunschliste, die sie seither akribisch führte, funktionierte tadellos. Ihr Chef Meier, der sie zu Beginn ihrer Zusammenarbeit wie einen Fußabtreter behandelt hatte, lobte sie heute in den Himmel. Auch von den anderen Kollegen wurde sie geschätzt. Ihre Meinung war stets gefragt, sie erfreute sich allseitiger Beliebtheit und fühlte sich pudelwohl im Team der Kriminalpolizei Garmisch-Partenkirchen.

Nur ein wunder Punkt widersetzte sich hartnäckig ihrer Wunschliste. Mit vierundzwanzig Jahren hatte sie noch immer keinen Mann an ihrer Seite. Dabei sah sie doch blendend aus, hatte einen tollen Job, der ihr finanzielle Unabhängigkeit garantierte, und sie spielte richtig gut Tennis. Waren das nicht Eigenschaften, die Männer attraktiv fanden? Aber alle interessanten Männer, die sie bisher in Murnau kennengelernt hatte, waren vergeben. Und einen Mann in festen Händen würde sie keinesfalls wieder anschmachten. Aus diesem Fehler hatte sie schmerzlich gelernt.

Die B2 nach Garmisch-Partenkirchen war, dank des unermüdlich arbeitenden Winterdienstes, überraschend gut befahrbar. Als Anja auf den Parkplatz der Polizeiinspektion rollte, stand Meiers Opel wie immer schon auf seinem Platz. Der Mann war zuverlässig wie ein Uhrwerk. Unpünktlichkeit empfand er als persönliche Beleidigung.

„Grüß Gott!“, rief er ihr vom Eingang aus entgegen. „Lassen Sie die Jacke an, Anja. Sie fahren gleich rüber zur Klamm.“

Die Partnachklamm lag am anderen Ende von Garmisch-Partenkirchen. Der Wildbach hatte im Laufe von Millionen Jahren eine über achtzig Meter tiefe Schlucht ins Gestein gefressen. Ein schmaler Weg führte mittendurch und bot eindrucksvolle Blicke auf das nicht nur bei Touristen so beliebte Naturspektakel.

„Was ist denn passiert, Chef?“

Den Kriminalhauptkommissar „Chef“ zu nennen, war eigentlich ein absolutes No-Go. Doch seit Anja Meiers verschollene Exfrau samt den Kindern ausfindig gemacht und ein Besuchsrecht für ihn ausgehandelt hatte, durfte sie sich einiges erlauben.

„Vermutlich falscher Alarm“, stellte Meier fest, zog seinen Parka über und setzte eine Mütze auf. „Zwei Rentner haben heute Morgen auf dem Steg in der Klamm eine Skijacke gefunden und sich gefragt, warum jemand bei dieser Kälte seine Jacke dort liegenlässt. Sie vermuten, dass ein Verbrechen dahintersteckt. Ich hatte die Frau gerade am Telefon. Sie und ihr Mann warten an der Fundstelle. Fahren Sie doch gleich mal rüber und schauen sich dort um!"

„Und Sie?"

„Ich komme nach. Der Chef muss sich erst um zwei andere Mädchen kümmern."

Anja lächelte. „Sind Svea und Alva zu Besuch?"

„Ja. Die Kinder fahren heute Nachmittag mit dem Zug zurück nach Bamberg. Morgen geht die Schule wieder los. Jetzt brauchen sie aber erst einmal Haferflocken für ihr Frühstück. Die bring ich noch schnell vorbei. Wir sehen uns in der Klamm. Bis gleich!"

Wolfgang Meiers Verwandlung glich einem Wunder. Der missgelaunte Eigenbrötler, der für sich und seine Mitmenschen nur Verachtung übrig hatte, hatte sich in einen umgänglichen Menschen und vor allem in einen fürsorglichen Vater verwandelt. Anja war stolz darauf, dass sie viel dazu beigetragen hatte, den Mann ins Leben zurückzuholen.

„Bis gleich!", rief sie ihm zu und stellte zum wiederholten Male fest, dass Meiers ehemals kugliger Bauch enorm geschmolzen war, obwohl er seit fünf Monaten nicht mehr rauchte. „Der Mann ist rundumerneuert", dachte sie und startete beschwingt den Motor.

3

Im Winter war sie noch nie hier gewesen. Anja hatte lange nicht einmal gewusst, dass die Klamm auch während der Wintermonate für Besucher geöffnet war. Nur an heißen Sommertagen war sie mit ihrem Vater öfters durch die Schlucht spaziert. Das Türkis des reißenden Baches, das unaufhörliche Tosen des schäumenden Wasserfalls, der eiserne Steg inmitten schroffer Felsen. Das Naturschauspiel hatte sie immer wieder tief beeindruckt und ihr gleichzeitig auch Angst eingeflößt. Wer hier hineinstürzte, war mit Sicherheit dem Tod geweiht. Der wiederholten Ermahnung ihres Vaters, nicht so nah an den Abgrund zu treten und mindestens einen Schritt hinter den Absperrungen zu bleiben, hätte es nicht bedurft. Sie hatte den Gefahren, die hier lauerten, stets Respekt gezollt. So auch heute.

Ganz besonders heute. Die Klamm bot einen dramatischen Anblick. Unzählige Eiszapfen, teilweise meterlang, wucherten an den Felsvorsprüngen. Bizarre Formationen aus Eis verkleideten die scharfkantigen Überhänge. Anja hatte das Gefühl, in einer Tropfsteinhöhle gefangen zu sein. Sie fröstelte. Wie weit würde sie noch laufen müssen? Wo waren denn nun die Leute, die angeblich diese Jacke entdeckt hatten?

Vorsichtig setzte Anja ihre Schritte. Der Bach unter ihr rauschte ins Tal. Ob sie nach einer Leiche Ausschau halten sollte? Kaum vorstellbar, hier seine Jacke abzulegen und in die Fluten zu springen. Aber welche Erklärung gab es sonst? Bei dieser Kälte zog doch niemand sein wichtigstes Kleidungsstück aus und ließ es freiwillig zurück!

Anja folgte dem Weg tiefer in die Klamm hinein. Der Schnee knirschte unter ihren Füßen. Sie registrierte die wenigen frischen Spuren. Zwei verschiedene Sohlenmuster stachen deutlich heraus, vermutlich die Schuhprofile der Wanderer, die bei Meier angerufen hatten.

Die Spuren führten jetzt in einen schummrigen Stollen, der ins Gestein gesprengt worden war, um die Begehung der Klamm überhaupt zu ermöglichen. Anja leuchtete mit ihrem Handy den Boden ab und tastete sich durch den finsteren Gang. In größeren Abständen erhellten fenstergroße Aussparungen im Gestein die Dunkelheit und gaben den Blick nach draußen frei. Aufmerksam spähte sie durch jede einzelne, entdeckte aber außer Eiszapfen und türkisfarbenem Wasser nichts Auffälliges. Obwohl der Tunnel selbst an der niedrigsten Stelle noch 1,75 Meter hoch war, sie also selbst mit Winterstiefeln mindestens zehn Zentimeter Luft nach oben haben sollte, lief Anja zur Sicherheit leicht gebückt. Die scharfkantigen Felsen waren nicht zu unterschätzen.

Plötzlich vernahm Anja Stimmen im Dunkel des Ganges. Wie zur Bestätigung tauchten gleichzeitig die Silhouetten zweier Menschen vor dem nächsten Felsenfenster auf.

„Anja Klein, Kripo Garmisch-Partenkirchen", rief sie schon von weitem, um die Wartenden nicht zu erschrecken. „Haben Sie bei uns angerufen?"

Anja trat näher. Der schmale Gang verbreiterte sich. Etwas Tageslicht fiel ein, aber in den hinteren Ecken herrschte weiterhin Finsternis.

„Ja." Der Mann richtete seinen Arm auf die zitronengelbe Skijacke, die auf der Mauer vor dem Gesteinsdurchbruch lag. In der Tiefe dahinter rauschte die Partnach.

„Größe 36, eine Damenjacke." Die Augen des Mannes, den Anja auf ungefähr 65 Jahre schätzte, funkelten vor Aufregung. „Bestimmt hat sich die Frau hier hinuntergestürzt. Warum sie die Jacke vorher ausgezogen hat, ist uns allerdings ein Rätsel. Wird denn jemand vermisst?"

Anja reagierte nicht. Wortlos durchsuchte sie die Taschen, öffnete alle Reißverschlüsse und schloss sie anschließend wieder. Nichts. Kein einziger Hinweis auf die Besitzerin. Nicht einmal ein Taschentuch. Die auffällige Markenjacke war hübsch, ohne sichtbare Tragespuren, und sicher nicht billig. Warum sie hier liegengeblieben war, war tatsächlich nicht zu verstehen. Anjas Blick fiel auf einen winzigen verdeckten Reißverschluss im linken Jackenärmel. Sie öffnete ihn und förderte ein kleines, herzförmiges Medaillon zu Tage, das an einem Silberkettchen hing. In seinem Inneren verbarg sich das Foto eines jungen Mannes, der ihr sympathisch entgegenlächelte.

Die Aufregung des älteren Paars, dem das gut versteckte Schmuckstück offensichtlich entgangen war, steigerte sich nochmals. Gestenreich begann der Mann zu spekulieren: „Vielleicht handelt es sich doch um den schlechten Streich eines jungen Mädchens, das seine Jacke nicht leiden konnte und sie absichtlich hier vergessen hat?"

„Das glaube ich nicht", zischte die Frau. „Dann hätte es vorher das Medaillon rausgenommen!" Die Stimme der Frau wurde leiser und klang plötzlich verschwörerisch. „Viel wahrscheinlicher ist doch, dass das Mädchen von brutalen Kerlen belästigt wurde. Sie reißen ihm die Jacke vom Leib, vergewaltigen es aufs Scheußlichste und stoßen es anschließend durch das Loch nach unten."

„Ausgeschlossen", widersprach der Mann. „Dann hätten wir mehrere Kleidungsstücke gefunden, nicht nur diese Jacke. Außerdem sieht die Jacke doch völlig unbeschädigt aus." Er holte kurz

Luft. „Ich glaube eher an den Selbstmord einer jungen Frau. Vielleicht wollte sie die schöne Jacke jemandem hinterlassen und hat sie deshalb vor ihrem Sprung ausgezogen?"

„So ein Quatsch, Walter!" Die Frau formte ihre Hände zu einem Ball und hauchte hinein. „Da halte ich das Stelldichein zweier Verliebter für viel wahrscheinlicher. Sie küssen sich. Er streift ihr die Jacke ab, merkt alsbald, dass ihr kalt ist, legt ihr – ganz Gentleman - seinen Mantel über die Schultern und sie schlendern dermaßen ineinander verliebt weiter, dass sie die Jacke einfach vergessen."

Anja unterdrückte ein Lachen. Diese haarsträubenden Spekulationen würden ihren Ermittlungen sicher nicht zum Erfolg verhelfen. „Wo genau haben Sie die Jacke gefunden?"

„Sie lag hier." Der Mann zeigte auf die Mauer vor ihnen.

„Wann war das?"

„Wir haben schon seit acht Uhr am Eingang gewartet, aber die Klamm öffnete erst um neun Uhr. Dann sind wir aufgebrochen und ohne größere Pausen bis hierher gelaufen."

„Machen Sie hier Urlaub?"

„Ja, heute ist unser letzter Tag. Bis Mittag müssen wir das Hotelzimmer räumen. Zum Abschluss wollten wir noch einmal durch die Klamm spazieren."

„Haben Sie sonst noch etwas Ungewöhnliches bemerkt oder gar jemanden gesehen?"

Der Mann und die Frau sahen einander an und überlegten. Gleichzeitig schüttelten sie die Köpfe. „Nein."

Anja bat die beiden, ihre Aussage in der Polizeistation protokollieren zu lassen. Dann nahm sie die Jacke an sich und spähte durch das Loch im Fels. Einen Sprung aus dieser Höhe konnte niemand ohne schwerste Verletzungen überleben. Sie schaltete die Lampe ihres Handys ein und leuchtete in alle Ecken des Stollens. Dann setzte sie den Weg durch die Klamm fort und suchte nach Hinweisen, was hier passiert sein könnte, fand aber nichts. Keine weiteren frischen Fußspuren, keine Kleidungsstücke, keine Kampfspuren. Ratlos trat sie den Rückweg an. Sie überlegte, welche Schritte sie jetzt einleiten sollte. Sollte sie einen Suchtrupp zusammenstellen? Oder die Spurensicherung anrücken lassen? Vielleicht könnte ein Spürhund etwas ausrichten?

Mitten im Stollen kam ihr Meier entgegen.

4

„Komme ich zu spät? Haben Sie den Fall schon ohne Ihren Chef gelöst?“ Meier wollte wohl witzig sein, doch Anja war nicht zu Scherzen aufgelegt. Rasch zeigte sie ihm die Jacke und das darin befindliche Medaillon.

„Du meine Güte!“, entfuhr es Meier. „Greller geht es ja kaum.“ Sorgfältig inspizierte er das gelbe Kleidungsstück. Auch das Medaillon drehte er mehrmals zwischen seinen Fingern. „Haben Sie sonst noch etwas gefunden?“

„Nein. Leider gar nichts.“ Anja nahm die Jacke wieder an sich. „Ich werde das Gefühl nicht los, dass hier etwas Schreckliches passiert ist.“

Meier wollte sich ihrer düsteren Stimmung nicht anschließen, er winkte ab. „Sicher gibt es eine ganz simple Erklärung. Kein Grund zur Aufregung.“

Anja ignorierte seine Bemerkung. „Haben Sie die Vermisstenanzeigen schon geprüft?“

„Aktuell ist nichts reingekommen." Meier klang wenig interessiert. Der ungewöhnliche Fund schien ihn nicht sonderlich zu beunruhigen. Mit stoischer Ruhe ging er vor Anja her in Richtung Ausgang. Er sah sich nicht einmal um. Anja war entsetzt über die Gleichgültigkeit, die sie an die unseligen ersten Tage ihrer Zusammenarbeit erinnerte. „Interessiert Sie denn gar nicht, was der Besitzerin dieser Jacke zugestoßen ist?"

Endlich blieb Meier stehen und drehte sich zu Anja um. „Ich glaube nicht an ein Unglück, Anja. Mal wird ein Handschuh gefunden, mal liegt ein Stiefel herum, mal eine Mütze. Heute ist es eine Jacke. So etwas passiert eben. Wenn wir all diese Zufallsfunde aufklären wollen, verlieren wir den Blick für das Wesentliche."

Anja stutzte. „Sie wollen der Sache nicht weiter nachgehen?"

„Nein, natürlich nicht. Die Jacke gibt keinerlei Hinweise auf ein Verbrechen. Die Besitzerin des Medaillons beziehungsweise den Mann auf dem Foto zu ermitteln, ist, wenn überhaupt, nur mit unverhältnismäßig großem Aufwand möglich. Die Klamm nach einer Leiche absuchen zu lassen, die es höchstwahrscheinlich gar nicht gibt, viel zu kostenintensiv. Es bleibt uns gar nichts anderes übrig, als einen Vermerk zu schreiben und diesen vorerst zu den Akten zu legen."

Anja wollte protestieren, doch Meier kam ihr zuvor: „Wenn es Sie beruhigt, Anja, fragen Sie die

Dame am Kassenhäuschen, ob sie jemanden mit dieser Jacke gesehen hat. Würde mich aber sehr wundern, wenn dem so wäre. Hier strömen täglich hunderte Touristen durch die Anlage, wenn nicht sogar tausende. Die kann man unmöglich alle im Gedächtnis behalten."

Die Befragung der Kassiererin brachte tatsächlich keinerlei neue Erkenntnisse. Gelbe Kleidungsstücke sehe sie öfter bei den Besuchern. Ob gestern oder in den letzten Tagen jemand mit dieser Jacke dabei war, könne sie nicht sagen. Schließlich sei sie doch kein Computer! Auch das Foto im Medaillon führte nur zu einem teilnahmslosen Kopfschütteln. „Tut mir leid, den kenne ich nicht."

Nachdenklich stieg Anja in ihren Polo. Um den Mann auf dem Foto und damit auch die Besitzerin der gelben Jacke zu ermitteln, müsste man die Geschichte der Presse übergeben. Aber das würde Meier nicht dulden. Er hatte ihr unmissverständlich klargemacht, dass es sich hier nicht um einen Fall für die Kripo, sondern um ein Stück fürs Fundamt handelte. Anja teilte seine Meinung zwar nicht, doch ohne Meiers Zustimmung an die Öffentlichkeit zu treten, das sollte sie sich besser nicht erlauben, wenn sie das gute Arbeitsverhältnis zu ihrem Chef nicht gefährden wollte.

Aufzugeben und den Fall als Fundsache abzutun, kam ihr jedoch falsch vor. Einen Versuch würde sie wagen, um dem Jackenrätsel eventuell doch noch auf die Spur zu kommen. Entschlossen breitete Anja das auffällige Kleidungsstück auf ihrem Beifahrersitz aus und schoss einige Fotos. Das Medaillon lichtete sie ebenfalls von allen Seiten ab. Vielleicht würde Saskia etwas dazu einfallen. Sie war schließlich hier aufgewachsen und kannte viele Einheimische, warum nicht auch den Mann mit dem verschmitzten Lächeln? Einen Versuch war es auf jeden Fall wert. Solange würde sie die Jacke aufbewahren, und sollte Saskia nichts dazu einfallen, würde sie das edle Stück spätestens am nächsten Tag zum Fundamt bringen.

„Die Jacke und das Medaillon wurden heute Morgen in der Partnachklamm gefunden. Kennst du zufällig den Mann auf dem Foto?“ Klick. Schon waren die Zeilen sowie die angehängten Bilder unterwegs.

Während der Rückfahrt erhielt Anja einen Anruf von der Polizeiinspektion Murnau. Lange war am Apparat. Den Polizeiobermeister hatte Anja als stets besonnenen Kollegen kennengelernt, den so leicht nichts aus der Ruhe bringen konnte. Jetzt dagegen wirkte er aufgeregt und hektisch. „Wo ist denn der Meier? Ich kann den Meier nirgends erreichen!“

Anja versuchte ihn zu beschwichtigen: „Ganz ruhig, Herr Lange. Meier ist mit seinem Wagen unterwegs. Er wird in Kürze in seinem Büro eintreffen. Kann ich Ihnen einstweilen weiterhelfen?“

„Unbedingt!“ Lange schrie förmlich. „Bei mir haben sich zwei Bergwanderer gemeldet, die den Abschiedsbrief einer Frau im Gipfelbuch des Osterfeuerkopfes gefunden haben. Sie glauben, die Frau ist gesprungen und könnte noch am Leben sein. Wir sollten jemanden dort oben nachsehen lassen!“

Anja war wie elektrisiert. „Ich übernehme das! Sie schicken mir jetzt ein Foto von dem Brief. Alles Weitere erledigen wir!“ Anja legte auf und wählte die Nummer ihres Chefs, der noch immer keinen Anruf annahm. Ob er wohl noch einmal nach seinen Kindern sah? Jetzt galt es, keine Zeit zu verlieren. Jede Sekunde konnte kostbar sein. Kurz entschlossen beauftragte Anja die Bergwacht mit der Vermisstensuche am Osterfeuerkopf. Dann tippte sie auf das Foto, das Lange ihr gesendet hatte, und las:

- Abschiedsbrief -

Liebste Schwester!

Wenn du diese Zeilen liest, lebe ich nicht mehr. Ich bin nicht länger ein Hindernis für dich. Bestimmt tanzt du jetzt vor Freude. Endlich hast du freie Bahn bei Robert. Und auch sonst werde ich deine Pläne nicht mehr durchkreuzen.

Tritt aus meinem Schatten, Mel! Ernte die Lorbeeren, die bisher immer nur ich errungen habe! Jetzt bist du an der Reihe. Ich gehe und mache den Weg frei für dich.

Wie traurig, dass dies das Beste ist, was ich je für dich getan habe. Verzeih mir!

Victoria

Für Anja fügten sich die Puzzleteile sekundenschnell zusammen. Der Abschiedsbrief, die gelbe Jacke, das Medaillon. Zu viele seltsame Vorkommnisse für einen Tag. Anja war sich sicher: Robert war der Mann auf dem Foto, Victoria die Besitzerin der Jacke. Victoria war in den Tod gesprungen, entweder vom Osterfeuerkopf oder durch das Felsenfenster im Stollen der Klamm. Vielleicht hatte sie auf dem Berg der Mut verlassen, und erst viel später, hier in der Klamm, hatte sie den Sprung gewagt? Erneut wählte sie die Nummer der Bergwacht.

„Suchen Sie auch in der Partnachklamm!"

5

Als Wolfgang Meier eine halbe Stunde später im Büro eintraf und ihm die neuesten Entwicklungen im Fall „Gelbjacke“ zu Ohren kamen, konnte er ein Schmunzeln nicht unterdrücken. Die Eigenmächtigkeiten dieser jungen Kommissarin würden sie alle noch in Teufels Küche bringen. Und doch konnte er Anja Klein nicht wirklich böse sein. Inzwischen war sie schon berüchtigt für ihre Zielstrebigkeit, ihren Tatendrang und für ihren Mut, Aufgaben selbst in die Hand zu nehmen. Neigung zur Kompetenzüberschreitung wäre wohl die treffendere Charakterisierung. Trotzdem ließ ihr Meier einiges durchgehen und nahm sie des Öfteren bei kritischen Rückfragen seitens der Polizeidirektion in Schutz. Ihre Art, die Dinge anzupacken, war von Anfang an erfrischend gewesen und hatte sich positiv auf die Erfolgsquote des gesamten Teams ausgewirkt. Und seit sie seine Kinder gefunden und damit sein Leben wieder lebenswert gemacht hatte, genoss Anja Klein Narrenfreiheit bei ihm, was er natürlich niemals zugegeben hätte. Schließlich war er der Chef und trug die Verantwortung. Für ihren Vorstoß, die Bergwacht ohne seine Zustimmung zu beauftragen, würde er sie zur Rechenschaft ziehen müssen, zumindest pro forma. Zunächst musste er aber die Suchaktion abblasen, bevor noch mehr Steuergelder unnötig verbrannt wurden. Meier griff zum Telefon, um den Einsatzleiter anzurufen.

„Meier, Kripo Garmisch-Partenkirchen. Wie weit sind Sie mit der Suche?" Der Mann am anderen Ende der Leitung räusperte sich, dann ließ er eine kurze Einschätzung der Lage folgen: „Der Helikopter kreist noch im Zielgebiet, aber die dreißig Zentimeter Neuschnee dürften alle Spuren dort oben verwischt haben. Außerdem glaube ich kaum, dass jemand auf den Gipfel des Osterfeuerkopfes gestiegen ist in der Absicht, sich dort umzubringen. Von da oben kann man nicht runterspringen, höchstens runterkugeln. Deshalb fliegen wir auch alle nahgelegenen Felsvorsprünge ab, die sich für so ein Vorhaben eher eignen würden." Wieder räusperte sich der Mann, dann sprach er weiter. „Für die Suche in der Klamm trommle ich gerade noch Leute zusammen. Die Wahrscheinlichkeit, jemanden lebend zu finden, der in die Partnach gesprungen ist, tendiert aber gegen null. Letzte Nacht herrschte klirrende Kälte."

„Verstehe", brummte Meier. „Ich bin da ganz Ihrer Meinung. Brechen Sie den Einsatz ab! Jetzt sofort!" Noch bevor der Einsatzleiter antworten konnte, legte Meier auf. Dann machte er ein mürrisches Gesicht und zitierte Anja Klein in sein Büro.

„Setzen Sie sich!"

„Danke, Wolfgang!"

In einem Moment überschäumenden Glücks und unendlicher Dankbarkeit hatte Meier ihr angeboten, ihn beim Vornamen zu nennen. Das war an dem Tag gewesen, als er nach knapp zehn Jahren Trennung seine Kinder wiedergesehen hatte. Sogar in die Arme hatte er Anja geschlossen, weil sie ihm das größte Glück auf Erden beschert hatte.

Jetzt saß sie ihm mit erwartungsvollem Blick gegenüber und entwaffnete ihn mit ihrem freundlichen Lächeln. Ob sie wohl auf eine Belobigung für couragiertes Handeln hoffte? Meier ballte die Finger zur Faust, um sie demonstrativ auf den Schreibtisch krachen zu lassen. Doch dann öffnete er die Hand und strich sanft einen Krümel von der Oberfläche. Statt das fällige Donnerwetter zu inszenieren, beließ es Meier bei einer einfachen Frage: „Was haben Sie sich nur dabei gedacht, eine so umfangreiche Suchaktion in Auftrag zu geben, ohne sich vorher mit mir abzustimmen?"

„Ich berufe mich auf ‚Gefahr im Verzug'. Es ging möglicherweise um ein Menschenleben,

Wolfgang. Sie waren nicht erreichbar, und dann tat ich das, was ich für das Richtige hielt."

Nein. Er konnte ihr einfach nicht böse sein. Sie war klug, überzeugend und trug das Herz am rechten Fleck. Zugegebenermaßen mangelte es ihr an Erfahrung. Aber daraus konnte er ihr doch keinen Strick drehen.

„Am Osterfeuerkopf wurde nichts gefunden und die Suche in der Klamm habe ich einstellen lassen. Der Abschiedsbrief rechtfertigt keinen Einsatz in dieser Größenordnung. Wir wissen noch nicht einmal, ob die Fälle überhaupt zusammenhängen."

Anja Klein runzelte die Stirn. „Vielleicht haben Sie recht. Vielleicht gibt es wirklich keinen Zusammenhang zwischen Brief, Medaillon und Jacke. Trotzdem befürchte ich, dass die Leiche dieser Victoria irgendwo da draußen ist. Ich kann mir einfach nicht vorstellen, dass der Abschiedsbrief ein schlechter Scherz sein soll. Mit dem Tod treibt man keine Späße!"

6

Als Anja am späten Nachmittag zu Hause ankam, klebte ein Zettel an ihrer Wohnungstür. Nachrichten mittels Post-its auszutauschen, amüsierte Anja und Saskia gleichermaßen. Sie praktizierten diese unkonventionelle Art der Kommunikation, seit sie Tür an Tür wohnten. Mit Worten wie: „Schön, dass du da bist!" oder: „Willkommen zu Hause!" empfangen zu werden, erfreute das Herz und ließ regelmäßig die Mundwinkel nach oben schnellen.

Doch heute zauberte die Notiz kein Lächeln in Anjas Gesicht. Vielmehr zogen sich ihre Augenbrauen zusammen aus Sorge, was die Zeile wohl bedeuten könnte: „Komm ganz schnell rüber!"

Kurzentschossen drehte sich Anja auf dem Absatz um und klingelte bei ihrer Freundin.

„Hey, Süße! Du glaubst nicht, wen ich zu Besuch habe. Komm rein!"

Anja zögerte kurz. Eigentlich hätte sie gern erst etwas gegessen, sich frisch gemacht und wäre in bequemere Kleidung geschlüpft, aber Saskia zog sie forsch am Ärmel ihres Mantels bis ins Wohnzimmer. Saskias uralter Zweisitzer mit der noch älteren Patchworkdecke stand im gleißenden Sonnenlicht vor dem Panoramafenster. Aus den quietschbunten Sofakissen rappelten sich zwei junge Männer in Hemd und Jeans auf und reichten Anja höflich die Hand.

„Johann Baum", sagte der Größere. Anjas Hand verschwand in der seinen. Der zurückgeschlagene Ärmel gab den Blick auf einen muskulösen Unterarm frei. Trotz seiner Kraft umfasste er ihre Finger erstaunlich sanft.

„Fred Dörfler", stellte sich der zweite Besucher vor. Sein Händedruck war ungleich fester, sein Lächeln verschmitzt. Anja erkannte ihn sofort.

Saskia lehnte im Türrahmen und lächelte triumphierend. „Da staunst du, was?"

„Allerdings", bestätigte Anja und wandte sich an die beiden Herren. „Kriminalkommissarin Anja Klein. Freut mich, Sie kennenzulernen."

Anja blieb ihren Vorsätzen treu. Beruf und Privatleben sollten sich nie wieder vermischen. Sie drehte den Kopf nach links und gab Saskia mit hochgezogenen Augenbrauen das Kommando, ihr in die Küche zu folgen. Dort schloss sie mit Nachdruck die Tür und setzte ein ernstes Gesicht auf. „Kannst du mir bitte erklären, was hier los ist?"

Saskia hob abwehrend die Hände. „Entspann dich, Süße! Ich dachte, du hast Fred erkannt. Er ist der Mann auf dem Foto, das du mir geschickt hast."

„Ja, eben", entgegnete Anja. „Und wie hast du ihn so Abrakadabra auf dein Sofa gezaubert?"

Saskia nahm seelenruhig ein Glas aus dem Hängeschrank. „Ich habe die Geschichte mit der Jacke auf Facebook gepostet mit der Bitte, sie zu teilen. Schon am Nachmittag hat sich Fred bei mir gemeldet. Gut, oder?"

„Hast du sie noch alle?" Anja war entsetzt. Meier würde zu Recht aus der Haut fahren, sollte er davon erfahren. „Du kennst den Mann also gar nicht?"

„Nein, natürlich nicht." Saskia schraubte den Deckel von einer Wasserflasche und schenkte sich ein. „Magst du auch?"

„Nein, jetzt nicht!" Anja kochte innerlich. „Du hättest mich zumindest fragen müssen, bevor du polizeiinterne Informationen veröffentlichst!"

Saskia hielt den Blick stur auf das Glas in ihren Händen gerichtet. „Ich dachte mir schon, dass du Einwände hast. Aber immerhin hab ich dir den Mann sozusagen frei Haus geliefert. Willst du denn nicht wissen, was es mit der Jacke auf sich hat?"

„Ja, schon, Saskia. Trotzdem hättest du das nicht tun dürfen. Ich verliere noch meinen Job wegen dir."

„Ach was! Das glaubst du doch selbst nicht! Schieb die Schuld einfach auf mich, okay? Meier weiß doch, wie ich ticke. Und jetzt komm! Wir wollen doch die Jungs nicht warten lassen."

Anja schnappte nach Saskias Hand, um sie zurückzuhalten. „Wer ist überhaupt der zweite Mann?"

Saskia blieb stehen. „Du meinst Johann? Eine Augenweide, stimmt´s? Johann lebt als Geigenbauer in Mittenwald. Ein toller Typ. Komm!"

Mit diesen Worten öffnete Saskia die Tür und ging zurück ins Wohnzimmer. Anja folgte ihr angespannt. Gleich würde sich das Rätsel um die Jacke aufklären. Und dann war da noch dieser Johann. Seine dunkelblauen Augen waren zum Niederknien.

7

Als die Freundinnen ins Wohnzimmer zurückkehrten, war Saskias Zweisitzer leer. Für einen kurzen Moment befürchtete Anja, die Männer wären gegangen, doch dann entdeckte sie die beiden vor der Dachgaube am anderen Ende des Raumes. Johann war ein stattlicher Mann. Der schmächtigere Fred wirkte neben ihm beinahe wie ein Teenager.

„Unglaublich, diese Aussicht!“ Fred war begeistert.

„Wirklich Wahnsinn“, pflichtete Johann ihm bei. „Diesen Ausblick täglich genießen zu dürfen, erhöht die Lebensqualität meiner Meinung nach beträchtlich.“

Anja registrierte Johanns Bemerkung mit Genugtuung. Besser konnte man es nicht ausdrücken. Wie oft stand sie vor ihrem eigenen Fenster gleich nebenan und dachte genau das Gleiche?

„So meine Herren, bitte setzen Sie sich wieder." Anjas einladende Geste in Richtung Sofa war unmissverständlich.

„Was wollt ihr trinken?", erkundigte sich Saskia. Offensichtlich hielt sie die Befragung der Männer für ein Plauderstündchen.

„Für mich ein Radler, wenn du hast", platzte Fred heraus.

„Und du, Johann?

„Ein Sprudelwasser bitte. Das ist sehr nett. Danke." Saskia verschwand in der Küche. Anja nahm ihre Wollmütze ab und zog den Mantel aus. Dann platzierte sie ihn auf der Rückenlehne eines Sessels und ließ sich nieder. Obwohl ihr unangenehm warm wurde, behielt sie ihren schlichten schwarzen Pullover an. Das Glitzershirt darunter, fand sie, war der Situation nicht angemessen.

„Wie Sie ja bereits wissen, wurden heute Morgen in der Partnachklamm eine Jacke und ein Medaillon mit Foto gefunden. Auf dem Foto sind eindeutig Sie, Herr Dörfler, zu erkennen." Anja nickte in Freds Richtung. „Ich nehme an, Sie wissen, wem die Jacke gehört?"

Fred holte kurz Luft und wollte antworten, doch Anja sprach einfach weiter: „Bevor Sie mit Ihren Ausführungen beginnen, würde ich noch gern wissen, in welcher Beziehung Sie, Herr Baum, zu Herrn Dörfler stehen." Johanns Blick kreuzte den ihren. Hellblau trifft dunkelblau, dachte Anja, und zwang sich, ihre Konzentration ganz auf die Befragung zu richten.

„Fred und ich sind Freunde“, antwortete Johann Baum. „Wir haben uns vor drei Jahren beim Kölner Karneval kennengelernt und uns seitdem gegenseitig mehrmals besucht. Ich fahre jedes Jahr nach Köln zum Feiern und er kommt nach Mittenwald zum Skifahren. Die Besuche haben bereits Tradition und werden künftig wohl in noch kürzeren Abständen stattfinden, da Fred neuerdings mit meiner Cousine Hanni liiert ist, die in Garmisch-Partenkirchen wohnt.“

Anja löste sich von seinem Blick und nahm Fred ins Visier. „Dann gehört die Jacke also Ihrer Freundin Hanni?“

„Noch nicht“, antwortete Fred. „Die Jacke sollte mein Geburtstaggeschenk für sie werden. Eigentlich wollte ich ihr eine Kette mit Anhänger schenken, aber mein Freund Johann hier war der Meinung, dass ich mit dieser Jacke bei ihr genau ins Schwarze treffen würde.“

„Das stimmt“, pflichtete Johann seinem Freund bei. „Hanni wird das Teil lieben und nie vergessen, wer ihr dieses Prachtexemplar gekauft hat. Ich war dabei, als sie das gute Stück kürzlich in einem Schaufenster in der Garmischer Fußgängerzone ausdauernd bewundert hat, und nur der beachtliche Preis sie davon abgehalten hat, es sofort zu kaufen.“

„Jedenfalls kamen wir am Samstag nach dem Jackenkauf an einem Juweliergeschäft vorbei“, fuhr Fred fort. „In der Auslage befand sich jenes Medaillon, das mir so sehr gefiel, dass ich es gleich mit einem der Fotos aus meiner Brieftasche bestückte. Mir kam die Idee, das Medaillon im Ärmel zu verstecken, sozusagen als zusätzliches Bonbon für Hanni. Nicht die schlechteste Entscheidung würde ich sagen. Denn ohne das Foto hätte Saskia wohl kaum die Suchaktion im Netz gestartet.“ Freds Augen wanderten zu Saskia, die gerade mit breitem Grinsen und einem Tablett voller Getränke zur Tür hereinkam.

„So, Leute!“, rief sie. „Greift zu! Die Party kann beginnen.“ Mit Schwung landete das Tablett auf dem kleinen Beistelltisch vor dem Sofa.

„Glas brauche ich keins“, tönte Fred und schnappte sich die Flasche mit dem Radler. Ein lautes Ploppen folgte, als er den Bügelverschluss öffnete. „Jedenfalls sind wir anschließend in die Klamm. Johann meinte, dieses Naturwunder müsste ich unbedingt gesehen haben. Wie recht er hatte! Ich hab den Mund nicht mehr zu bekommen vor Staunen. Massenhaft Fotos hab ich geschossen und unzählige Videos gedreht.“

„Und dabei irgendwo die Tüte mit Hannis Jacke stehenlassen“, kürzte Saskia Freds Bericht ab. „Zum Wohlsein!“ Wieder knallte ein Verschluss, diesmal der von Saskias Flasche.

Anja lehnte sich zurück und lockerte ihren Schal. Sie musste an Meiers Worte von heute Morgen denken. Die Lösung des Jackenrätsels war wirklich simpel. Der Mann auf dem Foto des Medaillons war nicht Robert, sondern Fred. Die Jacke gehörte nicht Victoria, sondern war ein Geschenk für Hanni. Kein Mensch war in die Partnach gesprungen. Und erst recht war niemand hineingestoßen worden. Zum Glück hatte Meier die Suche in der Klamm sofort abgeblasen.

„Für Sie auch ein Wasser?" Ganz im Gegensatz zu Fred Dörfler legte Johann Baum wohl mehr Wert auf zivilisierte Umgangsformen. Anja musterte den verwuschelten Lockenkopf mit dem markanten Kinn und den unglaublichen Augen. Wohl einen Moment zu lange, denn Johann hakte nach: „Frau Klein?"

„Für mich nicht, danke", sagte sie schließlich und stand auf. Dabei fiel ihr Mantel zu Boden, den Johann rasch aufhob und ihr reichte. „Sie wollen schon gehen?"

„Ja. Im Moment habe ich keine weiteren Fragen." Anja öffnete den Reißverschluss ihrer Handtasche, zog eine Visitenkarte hervor und überreichte sie Fred. „Sie können die Jacke in der Polizeistation Garmisch-Partenkirchen abholen. Rufen Sie aber vorsichtshalber vorher an, um sicherzustellen, dass ich vor Ort bin."

„Geht klar, Frau Kommissarin. Am Freitag ist Hannis Geburtstag. Bis dahin brauch ich das Teil spätestens wieder."

Anja winkte in die Runde. „Auf Wiedersehen, die Herren! Tschüss Saskia!" Dann wandte sie sich ab und ging zur Wohnungstür.

„Sie haben wirklich alle Unklarheiten beseitigt?" Überrascht drehte sich Anja um. Sie hatte gar nicht bemerkt, dass Johann ihr bis in den Flur gefolgt war. Johann lächelte so breit, dass seine weißen Zahnreihen aufblitzten.

Anja lächelte zurück. „Wie ich schon sagte: im Moment keine weiteren Fragen."

8

War sie gerade im falschen Film?

Anja Klein drückte ihre Wohnungstür ins Schloss, hängte den Mantel an die Garderobe und verstaute den Schal in einer Schublade. Hatte Johann Baum tatsächlich versucht, mit ihr zu flirten? Je öfter Anja die Szene Revue passieren ließ, umso klarer wurde ihr, dass Saskias „toller Typ“ sie absichtlich in ein Privatgespräch verwickeln wollte. Anja war sich nicht sicher, ob sie das frech oder mutig finden sollte. An einem anderen Tag hätte sie sich gern auf eine Unterhaltung mit ihm eingelassen, doch während der Ausübung ihrer Pflichten als Kriminalkommissarin war daran nicht zu denken.

Trotzdem hatte die Begegnung mit dem Geigenbauer sie inspiriert. Zögernd öffnete sie das Schränkchen unter der Schräge und entnahm behutsam ihren Geigenkasten, den sie seit ihrem Einzug nie wieder hervorgeholt hatte. Während ihrer Nürnberger Schulzeit hatte sie täglich mit Hingabe auf der Geige gespielt, aber das zeitraubende Studium in Sulzbach-Rosenberg hatte das edle Stück mehr und mehr in Vergessenheit geraten lassen. Vorsichtig öffnete Anja den hölzernen Kasten, schlug den schwarzen Stoff beiseite und strich andächtig mit den Fingern über das Fichtenholz. Schließlich nahm sie das Instrument heraus, führte es zum Hals und legte ihr Kinn auf den Kinnhalter. Dann griff sie nach dem Bogen und begann zu spielen. Ihre Finger erinnerten sich an die Griffe für ihre Lieblingsstücke von Vivaldi, Schubert und Mozart. Sie verschwand in der Zeit, spürte keinen Hunger und keinen Durst, und verlor sich in den wunderbaren Tönen, die sie ihrer Geige entlockte. Die Melodie der Wohnungstürklingel drang erst in ihr Bewusstsein, als sie eine Spielpause einlegte, um nach weiteren Notenblättern zu suchen.

„Was war das denn für ein Auftritt?“ Kopfschüttelnd betrat Saskia die Wohnung, nachdem Anja ihr die Tür geöffnet hatte. „So kriegst du nie einen ab.“

Offensichtlich spielte Saskia nicht auf Anjas Geigenspiel, sondern die Befragung von Fred Dörfler und Johann Baum an. Anja folgte ihrer Freundin ins Wohnzimmer, wo Saskia es sich bereits auf der Schlafcouch gemütlich gemacht hatte. Ihre blau-weiß geringelten Leggins und der pinkfarbene Strickpullover vereinten sich zu einem grellen Farbklecks auf dem weißen Möbelstück. Wann würde Saskia endlich erwachsen werden? Ihrer Kleidung nach zu urteilen, stammte sie eher aus dem Szeneviertel einer Großstadt, als aus einem verschlafenen Dörfchen in Oberbayern. Immerhin war sie bei der Ausübung ihres Berufes grundsolide. Direkt nach ihrer Ausbildung zur Pferdewirtin hatte sie auf dem elterlichen Hof die Leitung der Reitschule übernommen. Auch Anja hatte in ihrer Jugendzeit mit dem Gedanken gespielt, diesen Beruf zu ergreifen. Sie war genauso vernarrt in die eleganten und einfühlsamen Vierbeiner und verbrachte deshalb fast jedes Wochenende und einen Großteil der Ferien als Gast auf dem Reiterhof. Dass ihr Vater extra deswegen eine Ferienwohnung in Eschenlohe erworben hatte, wäre gar nicht nötig gewesen. Anja war sowieso Tag und Nacht bei Saskia und den Pferden. Als Anja ihr Abitur in der Tasche hatte, verkaufte er die Wohnung, nicht ahnend, dass es Anja eines Tages ganz in diese herrliche Gegend verschlagen würde. Jetzt wieder eine vergleichbar große Wohnung zu erwerben, war praktisch undenkbar. Die Grundstückspreise rund um Murnau und Garmisch-Partenkirchen waren in den letzten Jahren förmlich explodiert.

„Ich weiß nicht, was du meinst." Anja schaltete das Deckenlicht ein und begann damit, ihre Geige, den Bogen und die Noten sorgfältig zu verstauen.

„Musstest du die beiden Jungs wie Schwerverbrecher behandeln?“ Saskia rappelte sich auf und blickte Anja vorwurfsvoll an.

Anja, noch immer sauer wegen des Facebook-Postings, reagierte gereizt: „Was hast du denn erwartet? Einen feuchtfröhlichen Abend zu viert? Ein nettes Stelldichein in kleiner Runde mit offenem Ausgang? Ich bin Kriminalkommissarin, Saskia! Und im Dienst muss ich mich auch wie eine solche benehmen. Ich feiere gern Partys, aber nur im Freundeskreis, nicht mit fremden Männern, die möglicherweise in ein Verbrechen verwickelt sind.“

„Jetzt übertreibst du aber, Anja. Fred hat doch nur das Geschenk für Hanni liegen gelassen. Und Johann ist der interessanteste Mann, der mir in den letzten Monaten über den Weg gelaufen ist. Aber das kann dir ja egal sein. Vermutlich hast du sowieso keine Chance bei ihm.“

Anjas Eindruck war eigentlich ein anderer gewesen, also hakte sie nach: „Wieso? Hat er etwas über mich gesagt?“

„Nicht direkt.“ Saskia zog ihre dünnen Beine vor die Brust und stützte ihr Kinn auf die Knie. „Er meinte, dass ihn Frauen derzeit nicht interessieren.“

„Ist er schwul?“

„Nein, das wohl nicht. Er ist mit seiner Werkstatt und seinem Sport voll ausgelastet. Nach der

Richtigen Ausschau zu halten, dafür bliebe nicht ausreichend Zeit."

„Welchen Sport macht er denn?"

„Alle Arten von Outdoor. Im Winter Skifahren, Skitouren, Langlauf. Im Sommer Mountainbiken, Berglauf, Schwimmen. Sind dir seine muskulösen Arme aufgefallen? Der Typ ist durchtrainierter als mancher Teilnehmer bei den Ninja Warriors. Und seine Augen! Hast du seine Augen gesehen? Wir sollten ihn Husky nennen. Das passt zu ihm."

„Du fährst ja mächtig auf ihn ab."

„Äußerlich schon, da magst du recht haben. Aber er ist mir viel zu brav und bieder. Da ist mir ein Typ wie Fred tausend Mal lieber. Aber der hat ja schon seine Hanni. Und außerdem wohnt er in Köln. Also bleibt mir keine andere Wahl, als Dauersingle zu bleiben. So wie du."

Anja, die ihr Instrument wieder verstaut hatte, setzte sich zu Saskia auf die Couch und legte einen Arm um deren Schultern. „Wir werden die Richtigen schon finden. Wenn nicht, hocken wir eben in fünfzig Jahren als alte Jungfern immer noch hier, was aber auch nicht das Schlechteste wäre, oder?"

Saskia lachte auf. „Du vielleicht, ich sicher nicht!"

Anja stimmte in das Lachen ein, dann wurde ihr Gesicht plötzlich ernst. „Was sage ich denn nun morgen dem Meier, wie ich so schnell den Besitzer der Jacke finden konnte?"

Saskia hob die Schultern. „Wie wär´s mit der Wahrheit? Dein Chef wird dir den Kopf schon nicht abreißen!“

9

„Frau Klein? Hier spricht Moser vom Empfang. Vor mir steht ein junger Mann, der eine Vermisstenanzeige aufgeben möchte. Die verschwundene Frau heißt Victoria Haberkorn. Möchten Sie übernehmen?“

Heute war Mittwoch. Vor zwei Tagen war der Abschiedsbrief einer Victoria auf dem Osterfeuerkopf gefunden worden. Anja hatte es befürchtet: Mit dem Tod spaßte man nicht. Jetzt fehlte nur noch Victorias Leiche, die bei den vorhergesagten Temperaturen nicht lange verborgen bleiben würde. Bei zweistelligen Plusgraden schmolz auch am Osterfeuerkopf der Schnee.

„Bringen Sie den Mann bitte ins Besprechungszimmer. Ich bin sofort da.“

„Das ist belegt.“

„Dann in den Verhörraum.“

„Wird erledigt.“

„Ach, Herr Moser?“

„Ja, Frau Klein?"
„Wie heißt der Mann eigentlich?"
„Robert Schlegel."
Victoria und Robert. Zwei der Namen aus dem Abschiedsbrief. Anja glaubte schon lange nicht mehr an Zufälle. Und hier musste man kein Prophet sein, um den Zusammenhang zu erkennen.
Rasch erhob sich Anja von ihrem Schreibtischstuhl. Auf dem Weg zum Verhörraum lugte sie in Meiers Glaskasten, doch Meier saß nicht an seinem Platz. Egal. Eine Vermisstenanzeige aufzunehmen, das würde sie auch allein schaffen.
Als Anja die Tür des Verhörraums öffnete, blickte Robert Schlegel aus dem Fenster. Er war mittelgroß, trug eine helle Anzughose und einen dunklen Mantel. Sein schwarzes Haar war streng nach hinten gekämmt, so wie es Mitte des letzten Jahrhunderts jene Herren trugen, die etwas auf sich und die Mode hielten.
Mit einem eleganten Schwung drehte er sich zu Anja um. Die Bewegung war dermaßen geschmeidig und fließend, dass Anja sofort an Eintänzer auf Kreuzfahrtschiffen erinnert wurde: charmant, zuvorkommend, selbstverliebt und ein bisschen schmierig.
„Grüß Gott. Gestatten, Robert Schlegel. Sind Sie die zuständige Kommissarin?"
„Ja, die bin ich. Anja Klein. Grüß Gott, Herr Schlegel." Anja streckte ihre Hand vor und Schlegel ergriff sie. Obwohl der etwa dreißigjährige

Mann eher feminin auf Anja wirkte, war sein Händedruck unangenehm fest. „Nehmen Sie doch bitte Platz."

„Nach Ihnen", sagte Schlegel und rückte ihr einen Stuhl zurecht. Dann umrundete er den Tisch und setzte sich Anja gegenüber. Währenddessen hielt er mit einer Hand seine zurückgekämmten Haare fest, vermutlich, damit sie ihm nicht ins Gesicht fielen. Anja musterte seine sorgenvollen Augen und die tiefen Furchen in seiner Stirn. Seltsamerweise war sein Mund zu einem steten Lächeln verzogen, das auch nicht verschwand, als er mit heller Stimme zu sprechen begann: „Meine Frau ist verschwunden. Victoria Haberkorn. Sie müssen sie suchen!"

„Seit wann vermissen Sie sie?"

„Wann sie verschwunden ist, kann ich gar nicht genau sagen. Um das zu erklären, muss ich etwas weiter ausholen."

Jetzt wird es interessant, dachte Anja, und nickte leicht. „Ich bin ganz Ohr."

Robert Schlegel öffnete den obersten Knopf seines Mantels und begann: „Victoria und ich haben letzten Freitag standesamtlich geheiratet. Anschließend bin ich sofort mit dem Zug nach Monte Carlo aufgebrochen, denn ich leide unter Flugangst, Victoria sollte 24 Stunden später mit dem Flieger nachkommen."

Anja runzelte die Stirn. *Warum begibt sich jemand am schönsten Tag seines Lebens ohne seine Angetraute auf*

Hochzeitsreise? Doch sie hielt ihren Einwand zurück und konzentrierte sich weiter auf die Ausführungen des Mannes, der sich fortwährend die Haare glattstrich.

„Wir wollten uns in feinster Abendgarderobe in der Bar Américain des Hôtel de Paris treffen und so tun, als ob wir uns eben erst kennenlernen würden. Victoria liebt solche Rollenspiele, das Hôtel de Paris war immerhin Schauplatz in den James-Bond-Filmen ‚Sag niemals nie' und ‚GoldenEye', zwei unserer Lieblingsfilme, und ich war ebenso angetan von dieser prickelnden Idee. Für die ersten beiden Nächte hatten wir die Diamond Suite mit Blick auf die Oper und das Meer gebucht und für die kommenden drei Wochen stand ein Cadillac Escalade für uns bereit, mit dem wir die französische Riviera erkunden wollten. Es sollten unvergessliche Flitterwochen werden."

Robert Schlegel vergrub für einen Moment sein Gesicht in den Händen. „Doch Victoria ist nicht aufgetaucht. Weder in der Bar noch im Hotel. Dutzende Nachrichten habe ich an sie versendet und stundenlang versucht, sie telefonisch zu erreichen. Aber ohne Erfolg. Ich habe so oft auf ihren Anrufbeantworter gesprochen, bis der Speicher ihrer Mailbox irgendwann voll war. In meiner Verzweiflung habe ich alle Kontakte in meinem Handy angerufen, die Victoria kennen. Doch niemand hatte eine Idee, wo sie sein könnte. Nach der Hochzeit scheint sie sich in Luft aufgelöst zu haben. Also bin ich am Montag zurückgekommen, um sie zu suchen. Aber nirgends gibt es eine Spur von ihr. Auch ihre Zwillingsschwester Melanie und ihre Pflegeeltern sind ratlos. Victoria ist weg. Einfach weg. Wie vom Erdboden verschluckt!"

Der Erdboden hat sie nicht verschluckt, sondern der Schnee auf dem Osterfeuerkopf, dachte Anja und tastete sich behutsam vor. Den offensichtlich erregten Mann direkt mit dem Abschiedsbrief zu konfrontieren, kam ihr unsensibel vor. „Könnte sich Victoria etwas angetan haben?"

„Meine Victoria? Nein! Sie ist ein absolut lebensbejahender Mensch. Sie hat alles, was man sich vom Leben wünschen kann: gute Freunde, ein makelloses Aussehen, einzigartigen Humor und beispiellosen Verstand. Ich glaube vielmehr, dass sie entführt wurde und jemand Lösegeld erpressen will."

„Wie kommen Sie zu dieser Annahme?"

„Victoria ist reich. Der Volksmund würde sagen: stinkreich. Victorias und Melanies Eltern besaßen ein florierendes Bauunternehmen mit lukrativen Aufträgen für die Hautevolee rund um Garmisch-Partenkirchen, bis sie durch einen Verkehrsunfall mitten aus dem Leben gerissen wurden. Die beiden Schwestern waren damals erst vier Jahre alt und wurden von den besten Freunden ihrer Eltern in Pflege genommen. Die Firma wurde von einem Geschäftsführer weitergeführt und die anfallenden Gewinne von einem Treuhänder verwaltet. Die 13 Minuten ältere Melanie hat sich, wie es ihr nach dem Erbvertrag zustand, schon frühzeitig dafür entschieden, nach ihrem Studium in die Firma einzusteigen. Victoria dagegen zog es vor, von den stattlichen Erträgen ihres Fondvermögens zu leben, die ihr ein absolut sorgenfreies Leben ermöglichten. Dazu kommen noch die Einnahmen aus dem umfangreichen Immobilienbesitz. Alleine den Wert des Anwesens am Riegsee, das die beiden bis zu unserer Heirat gemeinsam bewohnten, würde ich auf mehrere Millionen Euro schätzen."

Plötzlich wurde die Tür des Verhörraums aufgerissen und Kriminalhauptkommissar Meier platzte herein. Offensichtlich hatte er im Nachbarzimmer das Gespräch mitgehört, denn er legte ohne Umschweife eine Klarsichtfolie mit Victorias Abschiedsbrief auf den Tisch.

„Ihre Theorie in allen Ehren, Herr Schlegel, aber bitte lesen Sie das und erklären mir anschließend, warum Victoria diese Zeilen geschrieben haben soll, wenn sie nicht die Absicht hatte, sich umzubringen."

Robert Schlegel las kopfschüttelnd den Brief. „Das ist unmöglich! Der Brief muss fingiert sein. Victoria hat keinen Grund, sich umzubringen. Nicht einen! Dass sie den Weg für ihre Schwester freimachen wollte, ist vollkommen absurd!"

„Wir werden das überprüfen." Meier ergriff die Hülle mit dem Brief und ging wieder nach draußen. Im Türrahmen blieb er stehen und sagte zu Anja: „Im Foyer warten zwei Herren auf Sie, die ausschließlich mit Ihnen sprechen wollen. Baum und Dörfler. Kümmern Sie sich bitte darum, wenn Sie hier fertig sind, ja?“

10

Bei den Namen des Geigenbauers und seines Kölner Freundes zuckte Anja unweigerlich zusammen. Heute würde sie nicht länger darum herumkommen, ihrem Chef zu erklären, wie sie das Rätsel im Fall „Gelbjacke“ so schnell gelöst hatte. Sie beschloss, Saskia unerwähnt zu lassen und die ganze Schuld auf sich zu nehmen. Wegen der Weitergabe von internen Informationen hatte Meier sie schon im Fall Brandstetter gerügt. Wenn sie ihm einen weiteren Verstoß dieser Art beichtete, würde das ihr Arbeitsverhältnis nur unnötig belasten.

Es dauerte noch über eine Stunde, bis sie Robert Schlegel nach der Aufnahme der Vermisstenanzeige und der Protokollierung seiner Aussage aus dem Verhörraum entlassen konnte. Dann holte sie die gelbe Jacke und das Medaillon aus einer Schublade ihres Schreibtischs. Was sollte dagegensprechen, sie dem rechtmäßigen Besitzer wieder auszuhändigen? Meier hatte der Fund sowieso kaum interessiert.

Auf dem Weg zum Foyer verschwand sie kurz hinter der Tür mit der Aufschrift „Damen“, um ihr Erscheinungsbild im Spiegel zu überprüfen. Haare, die helle Seidenbluse, die dunkle Stoffhose: alles saß bestens und bedurfte keiner Korrektur. Sie dachte an Johann Baum. Ein Lächeln huschte über ihr Gesicht. Ob er sich wirklich nicht für Frauen interessierte? *Ich werde es nie erfahren. Keine Überschneidungen zwischen Beruf und Privatleben mehr!*

Ihr guter Vorsatz hielt genau fünf Minuten.

„Grüß Gott, meine Herren!“

Fred Dörfler und Johann Baum, die im Vorraum der Polizeistation warteten, unterbrachen ihr Gespräch und gingen Anja entgegen.

„Sie sind ja schwerer zu erreichen als Söder und Seehofer zusammen“, tönte Dörfler schon von Weitem. Anja ließ die unkonventionelle Begrüßung unkommentiert. Als die Männer direkt vor ihr standen und sie wieder das dunkelblaue Augenpaar auf sich gerichtet sah, das sie bereits am Montag so fasziniert hatte, beschleunigte sich ihr Herzschlag.

„Guten Morgen, Frau Klein. Ich bin überaus erfreut, Sie wiederzusehen.“ Johann Baums charmante und trotzdem korrekte Ausdrucksweise imponierte Anja. Unwillkürlich passte sie ihre Wortwahl an: „Die Freude ist ganz meinerseits.“

„Ich hoffe, wir kommen nicht ungelegen? Wir waren gerade in der Nähe und hielten es für eine gute Idee, Ihnen unangemeldet einen kurzen Besuch abzustatten. Um ehrlich zu sein: es war meine Idee." Etwas verlegen fuhr sich Johann durch die Haare, doch seine hellbraunen Locken sprangen zurück in die vorherige Position.

„Ein Anruf wie ausgemacht hätte Ihnen das lange Warten erspart." Anja zeigte auf die Sitzgruppe des Wartebereichs. „Setzen wir uns doch kurz!"

„Sehr gerne." Johann Baum ließ Anja den Vortritt und folgte ihr in geringem Abstand. „Entschuldigen Sie, dass ich Sie darauf anspreche, aber neulich vor Ihrer Wohnungstür hat mich Ihr Geigenspiel verzaubert."

Anja genoss seine Anerkennung. „Danke, welch schönes Kompliment aus dem Mund eines Geigenbauers! Sicher spielen Sie selbst viel virtuoser?"

Johann Baum reagierte überrascht. „Sie haben mit Ihrer Nachbarin Saskia über mich gesprochen?"

Anja errötete leicht. „Sie hat erwähnt, dass Sie Geigenbauer sind."

„Meine Werkstatt ist in Mittenwald", ergänzte Baum. „Ganz in der Nähe der Staatlichen Musikinstrumentenbauschule. Ich spiele ganz passabel Geige, aber meine wahre Leidenschaft gehört dem Geigenbauen. In dem Zusammenhang darf ich

Ihnen mitteilen, dass Sie Ihre Geige stimmen sollten. Die A-Saite ist mindestens einen Viertelton zu hoch eingestellt."

„Das stimmt", antwortete Anja. „Die Geige habe ich lange nicht mehr in den Händen gehalten, Sie lag über ein halbes Jahr unberührt in meinem Schrank."

„Welch trauriges Schicksal für eine Neuner & Hornsteiner aus dem vorletzten Jahrhundert!"

„Sie haben durch die Eingangstür hören können, dass ich eine Geige aus der Geigenbauer-Dynastie Neuner spiele?" Anja war sichtlich verblüfft.

„Nein", lachte Baum. „Das hat mir Saskia erzählt. Sie wusste genau, dass ich der Versuchung, eine solche Geige zu sehen, nicht widerstehen kann. Jeder, der in Mittenwald lebt und sich mit Saiteninstrumenten beschäftigt, erblasst vor Neid, wenn ihm bekannt wird, dass jemand so eine Geige sein Eigen nennen darf."

„Diese Quasselstrippe!" Jetzt lachte auch Anja.

„Hallo, ihr Turteltäubchen? Was ist denn nun mit meiner Jacke?", platzte plötzlich Fred dazwischen, der unruhig neben seinem Freund hin und her zappelte und wohl keine Lust mehr hatte, Löcher in die Luft zu starren.

Das Lachen verstummte. Anja zog die Tüte mit der Jacke hervor, die sie zwischen den Stühlen abgestellt hatte. „Et voilà, hier ist sie." Freds Laune besserte sich augenblicklich. „Vielen Dank,

Frau Kommissarin, you made my day." Er erhob sich. „Mission completed. Nun komm, Johann, wir wollen die Kommissarin wieder die richtig bösen Jungs jagen lassen!"

Doch Johann Baum blieb demonstrativ sitzen. „Einen Augenblick, Fred!" Offensichtlich hatte er noch etwas auf dem Herzen. Und tatsächlich wandte er sich nochmals an Anja: „Ich würde viel dafür geben, Ihre Geige in Augenschein nehmen zu dürfen. Ich bin fasziniert von Neuner-Geigen. Neuner & Hornsteiner haben die Maßstäbe für den Mittenwalder Geigenbau bis in unsere Zeit sehr hoch gelegt."

Anja, die Kunst und Antiquitäten durch den Beruf ihres Vaters lieben gelernt hatte, verstand Baums Interesse allzu gut, zögerte jedoch mit der Antwort. Johann Baum, der ihr Zaudern bemerkte, erhöhte den Einsatz: „Es würde mich wirklich glücklich machen." Dabei lächelte er so herzerwärmend, dass Anja gar nicht anders konnte, als ihre guten Vorsätze über Bord zu werfen.

„Überredet", sagte sie und versank in seinen Augen.

11

„Ach übrigens, Wolfgang, der Fall ‚Gelbjacke' ist Geschichte. Sie hatten recht: hinter dem Fund verbarg sich eine ganz harmlose Erklärung. Eine kluge Entscheidung, die Suche in der Klamm noch rechtzeitig zu stoppen."

Wolfgang Meier horchte auf. So viel Lob war er von der jungen Kommissarin nicht gewohnt. Das grenzte ja schon an Bauchpinselei. Sicher steckte mehr dahinter als nur ein anerkennendes Schulterklopfen unter Kollegen. Ob sie ihn milde stimmen wollte? Aber warum? Welchen Fauxpas hatte sie sich nun schon wieder geleistet?

„Immer herein in die gute Stube, Anja, schließen Sie die Tür und setzen Sie sich. Ich bin gespannt auf des Rätsels Lösung."

Bevor sich Anja auf dem Besucherstuhl niederließ, drehte sie die vor den Glasscheiben des Büros angebrachten Jalousien auf blickdicht. Offensichtlich wollte sie vor den neugierigen Augen der

Kollegen geschützt sein. In diesem Moment war sich Meier sicher: Anja Klein hatte es wieder einmal mit den Vorschriften nicht so genau genommen und war nun im Begriff, ihm dies zu beichten. Und seine Pflicht als ihr Vorgesetzter war es, sie dafür zu rügen. Warum nur musste sie ihn ständig in diese unangenehmen Situationen bringen? Konnte sie nicht einfach Dienst nach Vorschrift machen?

„Den Besitzer der Jacke fand ich sozusagen im erweiterten Freundeskreis. Es handelt sich um einen der Männer, die eben im Foyer auf mich gewartet haben: Fred Dörfler. Er hatte die Jacke für seine Freundin gekauft und in der Klamm vergessen."

Meier entspannte sich. Sich im Bekanntenkreis umzuhören, dagegen war nicht wirklich etwas einzuwenden. Er lehnte sich in seinem Sessel zurück und bemerkte scherzhaft: „Ich wusste gar nicht, dass Sie nach so kurzer Zeit neben einem engen auch schon einen erweiterten Freundeskreis aufgebaut haben."

Anja, die kerzengerade auf ihrem Stuhl saß, entgegnete: „Facebook macht´s möglich."

Wolfgang Meier hatte sich bisher den sozialen Netzwerken erfolgreich verweigert und dabei wollte er es auch belassen. „Ersparen Sie mir die Einzelheiten. Die Jacke haben Sie vermutlich zurückgegeben, oder?"

Jetzt lehnte sich auch Anja zurück. „Ja, schon erledigt."

„Sehr gut", rief Meier anerkennend. „Die nächsten Aufgaben warten schon."

Innerlich verbeugte sich Meier vor seiner Kollegin. Ihre Arbeitsmethoden mochten ja unkonventionell sein, aber an deren Effektivität gab es wahrlich nichts auszusetzen. Er nahm eine Akte vom Stapel, legte sie vor sich hin und klappte den Deckel zur Seite. „Wie weit sind Sie mit Schlegels Vermisstenanzeige?"

„Alles in die Wege geleitet, was wir derzeit tun können", antwortete Anja.

„Glauben Sie, Victoria lebt noch?"

„Nach dem jetzigen Erkenntnisstand: nein. Der Abschiedsbrief und ihr ungeklärtes Verschwinden lassen keinen anderen Schluss zu. Trotzdem erscheint es mir unlogisch, dass sie den Freitod gesucht haben soll."

„Weshalb?"

Anja stand auf und ging ein paar Schritte hin und her. Das Klacken ihrer Absätze verlieh ihren Worten ungewollt Nachdruck. „Wenn Schlegels Aussagen stimmen, hatte Victoria ein perfektes Leben. Sie war intelligent, wunderschön und besaß jede Menge Geld. Warum sollte sie ihren Robert heiraten und sich anschließend das Leben nehmen?"

Jetzt kam auch Meier in Bewegung. Er stützte seine Hände auf die Armlehne und richtete sich auf. „Das Motiv findet sich doch in ihrem Abschiedsbrief! Sie schämte sich in Grund und Boden, weil sie ihrer Schwester den Mann abspenstig gemacht hat. Sie bedauerte es unendlich, wollte alles tun, um es wieder gut zu machen und sah nur diesen Ausweg. Würden Sie mit so einer Schuld leben wollen?“

Anja überlegte nicht lange. „Natürlich nicht! Allerdings hätte ich es niemals soweit kommen lassen. Die Männer anderer Frauen sind für mich tabu, erst recht in der eigenen Familie. Victorias Einstellung war offensichtlich eine andere. Ein Sensibelchen, das sich voller Kummer und Schuldbewusstsein freiwillig in den Tod stürzt, scheint sie mir jedenfalls nicht gewesen zu sein.“

„Nach Ihrer Hypothese ist Victoria also nicht gesprungen, aber trotzdem tot?“

„Sie könnte gestoßen worden sein.“

„Und der Abschiedsbrief?“

„Fingiert. So wie Robert Schlegel es vermutet hat.“

„Das scheint mir sehr weit hergeholt.“ Meier ließ sich zurück in den Stuhl sinken.

Anja setzte sich ebenfalls. „Könnte nicht Robert Schlegel selbst für das Verschwinden seiner Frau gesorgt haben? Geld schien mir sein Lieblingsthema zu sein und davon hat er nach Victorias Tod reichlich, auch wenn sie erst wenige Tage verheiratet waren.“

„Sie sehen in ihm einen potentiellen Heiratsschwindler und Mörder?

„Vielleicht?“

Meier rieb mit den Fingern über jene Stelle, an der früher ein ungepflegter Oberlippenbart gewuchert hatte. „Wenn er tatsächlich direkt nach der Hochzeit nach Monte Carlo aufgebrochen ist, hat er für die in Frage kommende Tatzeit ein hieb- und stichfestes Alibi.“

„Das stimmt allerdings.“

„Und von Geldsorgen ist auch nichts bekannt. Ist er nicht ein erfolgreicher Unternehmer?“

„Ja, das behauptet er zumindest. Angeblich wirft seine Murnauer Textilreinigung ganz ordentlich was ab. Trotzdem ist er ein seltsamer Vogel. Wer fährt schon wegen eines bescheuerten Rollenspiels an seinem Hochzeitstag allein nach Monte Carlo? Das kommt mir unwahrscheinlich vor, Ihnen nicht?“

„Überprüfen Sie seine Angaben, dann wissen wir es!“

„Worauf Sie sich verlassen können! Das steht ganz oben auf meiner Liste.“

Meier verstand Anjas Aufregung nicht. Der Sachverhalt lag doch sonnenklar auf der Hand. Eine Frau verfasst ihre Abschiedszeilen, bringt sich um und wird von ihren Angehörigen vermisst. Es bedurfte keiner hellseherischen Fähigkeiten, um den Fortgang der Geschichte zu erraten. Ihre Leiche wird gefunden, sie wird beerdigt und die Akte geschlossen. Um einen Fall zu lösen, musste man den Blick nicht zwangsläufig in die Ferne richten. Meistens waren die naheliegenden Erklärungen die richtigen. Seit über dreißig Jahren war er mit dieser Logik gut gefahren. Die Kollegen interpretierten sein zielsicheres Händchen als gottgegebenes Bauchgefühl. Meier hatte nie widersprochen, aber für ihn funktionierte die Verbrecherjagd auch ohne innere Eingebungen bestens.

Anja, die bereits ihre Hand auf die Bürotür gelegt hatte, drehte sich noch einmal zu Meier um. „Glauben Sie denn, dass Victoria noch lebt?“

„Nein, vermutlich nicht.“

„Dann sollten Sie nach ihrer Leiche suchen lassen.“

Meier nickte. „Der Hubschrauber ist schon in der Luft.“

12

Er war kein nah am Wasser gebauter Typ. Ganz und gar nicht. Doch die Aufzeichnungen seines toten Bruders ließen jede Nacht seine Augen feucht werden. Die Umstände, die vor drei Jahren zu Bens Tod geführt hatten, waren heute präsenter denn je. Damals war die Frage nach dem „Warum“ unbeantwortet geblieben. Jetzt kannte er die Antwort und ebenso die Schuldigen. Bens handgeschriebene Seiten waren eindeutig.

Dicke Tränen kullerten ihm über die Wangen und drohten die blaue Tinte zu verwischen, sobald er mit dem Lesen begann. Trotzdem zog er allabendlich das kleine Tagebuch hervor, um Trost darin zu finden. Trost und Vergebung.

September 2009

Lieber Michi,

wo warst du? Konntest du nicht besser aufpassen? Ich bin doch erst neun! Und du bist mein Schutzengel!

Vor drei Wochen bin ich ohne Beine aufgewacht. Was soll ich denn jetzt machen? Du weißt doch, ich will Basketball-Profi werden! Kannst du wenigstens was gegen die Schmerzen tun? Es tut so weh!

Weißt du überhaupt, was passiert ist? Ich schon. Ich beobachtete mit meinen Freunden das Storchennest auf dem Schuldach. Dann kam mein Bruder angefahren. Auf seinem neuen Motorrad. Steig auf, hat er gesagt. Ich nehme dich mit. Ich habe gewinkt, als ich oben saß. Leon, Justus und den anderen. Ich bekam einen Helm und dann ging es los. Ganz langsam fuhr mein Bruder den Berg rauf. Halt dich gut fest, rief er. Beide Hände sollte ich auf seinen Bauch legen.

Als wir am Sportplatz der Mittelschule vorbeisausten, breitete ich meine Arme aus. Ich dachte, ich fliege. Mein Bruder ermahnte mich. Festhalten!

Es war, als würde ich meinen Bruder von hinten umarmen. Ich war so stolz, ich habe den besten Bruder der Welt!

Vor dem Gymnasium stand der Schulbus am Straßenrand. Wir überholten ihn ganz langsam. Ich wollte das Visier hochklappen, weil es so heiß unter dem Helm war. Ich brauchte beide Hände, weil es klemmte. Da ging plötzlich das Vorderrad in die Luft und ich rutschte mit

Schwung von der Sitzbank. Gut, dass ich den Helm aufhatte. Der Aufschlag war echt hart.

Dann weiß ich nichts mehr. Zum Glück.

Als ich wieder wach war, erzählte mir mein Bruder, dass der Schulbus über meine Beine gerollt war. Sie waren total Matsch. Alle beide. Darum mussten sie im Krankenhaus abgeschnitten werden.

Wo sind meine Beine jetzt? Im Müll? Oder vergraben?

Warum hast du das nicht verhindert, Michi?

Du bist doch mein Schutzengel!

13

Der Anruf des Einsatzleiters der Bergwacht kam schneller als erwartet. Dieses Mal war die Suche des Hubschraubers von Erfolg gekrönt, sofern man das Auffinden einer Leiche als solchen bezeichnen konnte.

Victoria Haberkorns zerschmetterter Körper war unter der abschmelzenden Schneedecke nahe dem Heldenkreuz zum Vorschein gekommen, einer knapp tausend Meter hoch gelegenen Anhöhe zwischen Eschenlohe und dem Osterfeuerkopf. Die Bergung gestaltete sich schwierig, war aber unter den verbesserten Wetterbedingungen nicht unmöglich. Augenscheinliche Todesursache waren ein Sturz und die davon herrührenden Kopfverletzungen und Knochenbrüche.

Anja kannte die Unglücksstelle von mehreren gemeinsamen Ausflügen mit Saskia. Die Gipfelbank bot einen sensationellen Ausblick auf das

Loisachtal. Schon oft hatten sie dort oben gesessen, sich der Sonne entgegengelehnt und das eiserne Geländer, das müde Wanderer und den drohenden Abgrund voneinander trennte, als Fußablage benutzt. Vor ihrem Sprung musste Victoria über dieses Geländer geklettert sein. Allein bei der Vorstellung wurde es Anja schwindlig. Falls Victoria doch gestoßen worden sein sollte, musste sie der Täter dazu überredet haben, das sichere Gelände vor der Absperrung zu verlassen. Vielleicht mit der Aussicht auf ein besonders aufregendes Foto? In diesem Fall hätte die junge Frau keine Chance gegen ihren Angreifer gehabt. Bereits ein kleiner Schubs hätte ausgereicht, sie aus dem Gleichgewicht zu bringen.

Der Gedanke, dass sie einem heimtückischen Mord auf der Spur war, ließ Anja nicht mehr los. Sollte sich ihre Vermutung bewahrheiten und Victoria tatsächlich einem Verbrechen zum Opfer gefallen sein, so war der Täter möglicherweise in Victorias engstem Umfeld zu finden.

Den Ehemann hatte sie allerdings von ihrer Kandidatenliste streichen müssen. Seine Angaben zur Reise nach Monte Carlo hatten sich als zutreffend erwiesen, was ihm ein unanfechtbares Alibi verschaffte. Schlegel war tatsächlich am Samstagmorgen um 06.29 Uhr von München über Zürich und Mailand nach Monte Carlo gefahren und dort um 20.58 Uhr eingetroffen. Er konnte dafür ein personalisiertes Ticket mit mehreren Kontrollmarkierungen durch das Zugpersonal vorlegen.

Für Victoria lag die Buchung eines Privatflugzeugs vor, das sie am Sonntagmorgen nach Monaco bringen sollte. Allerdings hatte sie nach Auskunft des Flugunternehmens die Reise weder angetreten noch storniert.

Auch das Hôtel de Paris in Monte Carlo hatte Schlegels Angaben bestätigt. Er habe die Suite am späten Samstagabend übernommen und sei am Montagmorgen wieder abgereist. Eine zweite Person habe für die Suite nicht eingecheckt. Damit war Schlegels Auslandsaufenthalt lückenlos dokumentiert. So fragwürdig diese Geschichte zunächst geklungen hatte, offensichtlich hatte sie sich genau so zugetragen.

„Parken Sie nach der Ampel auf der rechten Seite, Wolfgang. Schlegels Geschäft liegt genau gegenüber." Inzwischen kannte sich Anja gut aus in Murnau. An dem Gebäude mit der Aufschrift „Textilreinigung Schaller" war sie schon oft vorbeigegangen. Die nur wenige Meter entfernte Eisdiele hatte sie letzten Sommer für sich entdeckt.

„Danke für den Tipp, ich ermittle ja erst seit zwei Jahrzehnten in der Gegend", brummte Meier und zirkelte den blauen Opel elegant in die einzige freie Lücke. Gemeinsam verließen die Kommissare den Wagen, überquerten die Straße und betraten das menschenleere Reinigungsgeschäft. Ein Gong ertönte und eine ältere Frau erschien mit einem in Folie gepackten Kleidungsstück in der Hand.

„Meier und Klein von der Kripo Garmisch-Partenkirchen“, sagte Anja. „Wir möchten zu Robert Schlegel.“

„Der Chef ist nicht da. Weder hier noch oben in seiner Wohnung.“

„Wann erwarten Sie ihn zurück?“

„Tut mir leid, das kann ich nicht sagen.“ Die Frau hängte das Kleidungsstück mit der Folie auf eine Stange hinter dem Kassentresen. „Er meldet sich bei mir nicht an und ab. Eigentlich sollte er ja auf Hochzeitsreise sein, aber gestern hat er unerwartet angerufen und mitgeteilt, dass er zurück in Murnau ist. “

Anja zog eine Visitenkarte aus ihrer Handtasche und überreichte sie der Frau. „Würden Sie uns bitte anrufen, wenn Herr Schlegel sich bei Ihnen meldet?“ Die Frau nahm die Karte, warf einen Blick darauf und nickte. Anja wollte sich schon verabschieden, da ergriff Meier das Wort: „Sagen Sie, Frau…“ Meier machte eine auffordernde Pause.

„Reinecke“, ergänzte die Frau.

„Sagen Sie, Frau Reinecke, warum steht über dem Eingang der Name ‚Schaller‘ und nicht ‚Schlegel‘?“

„Die Reinigung gehörte früher Veronika Schaller, Robert Schlegels erster Frau. Nach ihrem Tod hat Herr Schlegel die Geschäfte übernommen, den Namen aber beibehalten."

Anjas Alarmglocken schrillten. Robert Schlegel war mit seinen dreißig Jahren bereits zum zweiten Mal verheiratet. Beide Male mit Frauen mit einem ansehnlichen Vermögen, das nach ihrem vorzeitigen Ableben vermutlich zum größten Teil an Robert Schlegel überging. Alles nur Zufall?

Frau Reinecke strich mit einer schnellen Bewegung ihre Schürze glatt und versenkte dann ihre Hände in den Seitentaschen. „Das waren viel bessere Zeiten, damals, als Veronika noch lebte."

„Inwiefern?", erkundigte sich Anja interessiert.

„Veronika war eine tolle Frau. Sie liebte ihre Kunden und ihre Kunden liebten sie. Seit Herr Schlegel übernommen hat, haben wir nur noch halb so viele Aufträge. Kundenfreundlichkeit ist eben nicht seine Stärke. Wenn es so weitergeht, wird die Reinigung nicht mehr lange überleben."

Seltsam, dachte Anja. Ihr hatte Schlegel erzählt, dass seine Geschäfte sehr gut laufen würden und er damit liebäugelte, weitere Filialen in München und Augsburg zu eröffnen. Ob er diese Expansion bereits mit dem Geld seiner zweiten Ehefrau geplant hatte?

„Eine Frage noch, Frau Reinecke..." Anja ging einen Schritt auf Schlegels Angestellte zu. „Wann ist Veronika Schaller gestorben?"

„Das war vor ziemlich genau zwei Jahren."

„Sind Ihnen die Umstände ihres Todes bekannt?“

„Genaues weiß ich leider nicht. Es gab wohl einen tragischen Unfall mit einem Segelboot in der Karibik. Veronika ist ertrunken. Halb Murnau war auf ihrer Beerdigung.“

„Danke, Frau Reinecke“, sagte Meier. „Sie haben uns sehr geholfen.“ Dann zog er Anja mit sich nach draußen. Zurück im Auto startete er den Motor. Er wirkte regelrecht erschüttert, als er sprach:

„Ich kann mich noch gut an das Unglück erinnern. Den Fall bearbeiteten damals die Münchener Kollegen. Unglaublich, welches Pech dieser Schlegel hat. Zweimal eine solche Tragödie zu erleben, muss furchtbar sein.“

Anja konnte nachvollziehen, dass Meier bei Familientragödien nicht völlig unvoreingenommen reagierte. Schließlich hatte ihn das jahrelang ungeklärte Schicksal seiner Ex-Frau und der gemeinsamen Töchter schwer mitgenommen. Robert Schlegel den trauernden Doppelwitwer abzunehmen, gelang ihr weniger gut. Zumindest finanziell dürften sich die beiden Todesfälle für ihn ausgezahlt haben.

Wenn nur das wasserdichte Alibi nicht wäre…

14

Die Fahrt nach Froschhausen zum Haus der Haberkorn-Schwestern dauerte nur wenige Minuten. Das helle Weiß des quadratischen Gebäudes schimmerte durch hohe Weiden und noch höhere Eichen. Meier parkte vor dem Einfahrtstor. Das Geräusch der zuschlagenden Autotüren verhallte in der frischen Brise, die pfeifend vom Riegsee herüberwehte. Durch die schmiedeeisernen Stäbe des zweiflügligen Tores fiel der Blick auf einen hölzernen noch immer vom Schnee bedeckten Steg, der die Terrasse des Hauses mit dem im Sonnenschein glitzernden Wasser verband. Winzige Wellen schwappten zu Tausenden über den an seinen Rändern zugefrorenen See. Ein sagenhaft blauer Himmel vervollkommnete das Bild, das kein Maler idyllischer hätte darstellen können.

„Darf ich fragen, was Sie hier zu suchen haben?“ Die gereizt klingende Stimme gehörte einer großen, schlanken Frau, die vom Balkon zu ihnen herunterblickte. Die Hände hatte sie in die Hüften gestützt, ihre Augen funkelten.

Anja nahm den Finger von der Klingel. Das Läuten hatte sich wohl erübrigt. „Wir möchten zu Melanie Haberkorn."

„Sie möchten zu mir? Wer sind Sie denn? Ich erwarte niemanden und ich kenne Sie beide nicht."

Anja hielt ihren Dienstausweis in die Höhe.

„Wir sind von der Polizei. Bitte öffnen Sie die Tür!"

Eine Todesnachricht hatte Anja noch nie überbringen müssen. Dementsprechend mulmig war ihr bis eben zu Mute gewesen. Das unangenehme Gefühl war jetzt wie weggeblasen. Dafür hatte Melanie Haberkorn mit ihrem Auftritt gesorgt.

Schweigend liefen die Kommissare über das Anwesen zum Hauseingang. Die hochgewachsene Frau erwartete sie im Türrahmen. Das hellblaue Sommerkleid stand ihr zwar sehr gut, wirkte aber doch unpassend in Anbetracht der Jahreszeit und der Außentemperaturen. Sorgfältig in Wellen gelegtes blondes Haar wallte üppig über ihre Schultern, dezentes Tagesmakeup unterstrich ihre gepflegte Erscheinung. Auffällige Silber- oder Platinschmuckstücke zierten Hals, Ohren und Handgelenke. Maßlose Sorge um ihre vermisste Schwester vermittelte ihr Anblick nicht.

Melanie Haberkorn verschränkte abwehrend die Arme. „Sie wünschen?"

„Grüß Gott, Kriminalpolizei Garmisch-Partenkirchen." Anja nannte Meiers und ihren eigenen Namen. „Dürfen wir reinkommen?"

Frau Haberkorn machte keinerlei Anstalten, den Weg ins Hausinnere freizugeben. „Worum geht es?"

„Um Ihre Schwester Victoria. Sie wissen, dass sie seit Tagen vermisst wird?"

„Das weiß ich. Haben Sie sie gefunden?"

„Das haben wir", platzte Meier dazwischen. „Es wäre besser, wir würden uns zunächst setzen."

„Wenn es denn sein muss", erwiderte Melanie Haberkorn wenig begeistert und gab den Eingang für die Kommissare frei. Das Vestibül zierten Bilder von Gabriele Münter und Wassily Kandinsky. Mächtige Keramikgefäße beherbergten kunstvoll dekorierte Blumengestecke. Nach etwa zehn Metern versperrte eine Wand aus bläulich getöntem Glas den Weg in einen Raum mit deckenhohen Panoramafenstern. Als sich Meier dem blauen Glas näherte, ertönte plötzlich das summende Geräusch eines Elektromotors. Eine Scheibe löste sich aus der Glasfront und wurde erst nach innen und dann zur Seite geschwenkt.

„Bitte treten Sie ein und machen Sie es sich bequem. Ich bin gleich bei Ihnen", sagte Melanie Haberkorn, während sie die Haustür schloss.

Anja staunte über die ausufernde, in verschiedenen Blautönen bezogene Polsterlandschaft, die in dem halbkreisförmigen Raum verteilt war. Mehrsitzige Sofas, tiefe Sessel und extravagant gestylte Schaukelstühle, fast alle ausgerichtet zu den bodentiefen Fenstern mit Blick auf den Riegsee, dominierten zusammen mit den niedrigen Tischen aus silberfarbenem Metall und Strukturglas den tageslichtgefluteten Raum. Meier stieß einen leisen Pfiff aus, als er sich auf einer eisblauen Designercouch niederließ. Auch Anja war wider Willen beeindruckt von den Dimensionen des Zimmers und dem Luxus, den es ausstrahlte. Dabei zeichnete sich der von ihr gewählte royalblaue Ledersessel auch noch durch großen Sitzkomfort aus. Um weitere Details in Augenschein zu nehmen, blieb keine Zeit, denn Melanie Haberkorn platzierte sich direkt vor Anja in einen leinenbezogenen Schaukelstuhl und wippte ungeduldig hin und her.

Diesmal suchte Anja nicht lange nach Worten, sondern überbrachte schonungslos in Meiers Manier die unheilvolle Nachricht: „Ihre Schwester ist tot.“ Dabei fixierte sie Melanie Haberkorns Gesicht, in dem jedoch keinerlei spontane Regung zu erkennen war. „Sie wurde in der Nähe des Heldenkreuzes bei Eschenlohe gefunden. Wir gehen davon aus, dass sie vom Gipfel gesprungen ist.“

Abrupt stand der Schaukelstuhl still. Mit den Händen umklammerte Melanie Haberkorn die

Armlehnen und unterbrach mit den Füßen den Schwung der Kufen. Einen Augenblick verharrte sie regungslos, als ob die Bedeutung der Worte noch nicht zu ihr durchgedrungen wäre. Dann griff sie mit zittrigen Fingern nach einem gefüllten Wasserglas, das neben ihr auf einem Servierwagen stand, und nahm einen Schluck. Schließlich erhob sie sich und rief: „Das ist ja furchtbar!“ Sie ging ein paar Schritte in Richtung Fenster und schaute hinaus zum See. „Sind Sie ganz sicher, dass es sich um meine Schwester handelt?“

„Daran besteht kein Zweifel, Frau Haberkorn.“ Anja trat neben die junge Frau. Vorsichtig berührte sie deren Arm und bekundete ihre Anteilnahme: „Es tut uns wirklich sehr leid.“ Melanie Haberkorn starrte weiter in die Ferne, dann nickte sie leicht.

„Bitte setzen Sie sich wieder!“, insistierte Anja. Melanie Haberkorn nickte erneut, begab sich zurück zu ihrem Schaukelstuhl und begann wieder zu wippen. Als plötzlich Meiers sonore Stimme die Stille zerriss, zuckte sie zusammen.

„Wie würden Sie das Verhältnis zu Ihrer Schwester beschreiben?“

Melanie Haberkorn blickte auf. „Ganz gut, warum fragen Sie?“

„Ganz gut? Wie würden Sie ein ‚ganz gut‘ definieren?“

„Ich wüsste nicht, welche Rolle es spielen sollte, was für ein Verhältnis meine Schwester und ich pflegten. Sie ist tot. Das ist das Einzige, was jetzt von Bedeutung ist!"

Meier beugte sich auf seiner Couch nach vorne: „Ihr Tod geht Ihnen nicht sonderlich nahe, habe ich recht?"

„Wie kommen Sie denn darauf?" Melanie Haberkorn stieß sich kräftig mit den Füßen ab, sodass die rückwärtigen Enden der Kufen auf dem Steinboden anstießen. „Sind Sie außer Polizist auch noch Hobbypsychologe? Muss ich erst losheulen wie ein Kleinkind, mir die Haare raufen und die Hände ringen, damit Sie einschätzen können, wie sehr ich um meine Schwester trauere?"

„Ich wäre schon zufrieden, wenn Sie mir das Verhältnis mit Ihren eigenen Worten schildern würden." Mit stoischer Ruhe setzte Meier die Befragung fort. „Vermutlich waren Sie nicht so unzertrennlich, wie man es gemeinhin bei Zwillingsschwestern annehmen würde?"

„Unser Verhältnis war ganz normal."

„Haben Sie Ihre Schwester geliebt?"

Die Antwort kam prompt und mit Nachdruck: „Natürlich!"

„Wie erklären Sie sich dann diesen seltsamen Abschiedsbrief?" Meier kramte einen Bogen Papier hervor.

Melanie Haberkorn hielt augenblicklich mit dem Schaukeln inne. „Es gibt einen Abschiedsbrief?"

Meier reichte ihr das Papier. „Lesen Sie!"

Wie gebannt starrte Melanie Haberkorn auf die Zeilen. Wieder blieben ihre Gesichtszüge maskenhaft starr. Kommentarlos gab sie Meier das Blatt zurück.

„Sie können den Brief behalten“, sagte Meier. „Es ist eine Kopie.“

„Ich will ihn aber nicht“, zischte Melanie Haberkorn.

„Wie ungewöhnlich.“ Meier zeigte sich erstaunt. „Immerhin galten die letzten Gedanken Victorias eindeutig Ihnen. Offensichtlich war es doch nicht so weit her mit der Liebe zu Ihrer Schwester?“

Melanie Haberkorn sprang auf, jetzt bebte sie am ganzen Körper vor unterdrücktem Zorn. „Das haben Sie gut erkannt, Herr Kommissar. Wenn Sie es ganz genau wissen wollen: Victoria war eine hinterlistige, fiese Schlange. Sie hat mir immer alles kaputtgemacht. Es war ein Sport für sie, alles zu zerstören, was mir etwas bedeutete. Ich bin sehr froh, dass es endlich vorbei ist.“

„Wie müssen wir uns das vorstellen, Frau Haberkorn? Was genau hat Victoria Ihnen kaputtgemacht?“

„Alles! Einfach alles!“

„Nennen Sie mir ein Beispiel.“

Melanie Haberkorn war außer sich: „Zum Beispiel wurde ich in der zwölften Klasse endlich Sängerin der Bigband unseres Gymnasiums. Das war damals ein langgehegter Traum von mir. Mein erster und einziger Live-Auftritt vor großem Publikum fand in der Aula nach einer Autorenlesung statt. Der Saal war voll."

Meier nickte leicht mit dem Kopf.

„Wir wurden überschüttet mit Beifall. Ich war damals unendlich stolz und glücklich. Nach diesem Abend schwirrte Victoria ständig um den Bandleader herum, obwohl sie ihn angeblich total ätzend fand. Bei jeder Probe musste sie dabei sein, tänzelte obszön herum und klatschte wie wild den Takt mit. Nachdem ich zwei Proben wegen einer Erkältung absagen musste, wurde mir per SMS mitgeteilt, dass Victoria jetzt die neue Sängerin wäre, ich aber gern einspringen könne, wenn Victoria einmal ausfiele. Ich durfte nie wieder mit der Bigband singen. Mein Traum war ausgeträumt."

Melanies Stuhl drohte umzukippen, so fest stieß sie sich jetzt vom Boden ab. „Und das ist nur ein Beispiel." Sie löste ihre rechte Hand von der stählernen Armlehne und formte mit dem Daumen eine eins. „Sie halten mich vermutlich für eine verwöhnte Göre, die nie gelernt hat, mit Misserfolg umzugehen. Vielleicht haben Sie recht, aber meine Schwester ließ keine Gelegenheit aus, um mir eins auszuwischen. Was mich am meisten daran ärgerte, war, dass sie mit allem durchkam. Das machte mich so wütend. Victoria freute sich diebisch, wenn sie mich in solchen Momenten erwischte. Ihr höhnisches Gelächter klingt jetzt noch widerlich in meinen Ohren."

Melanie Haberkorn hielt kurz inne. Dann fuhr sie etwas ruhiger fort: „Und so war das immer. Überall mischte sie mit. Die Hauptrolle in der Theater-AG schnappte sie mir weg, den Solo-Part beim Schülerchor, den Sieg bei den Schwimm-Meisterschaften. Klimalauf, Klavierspiel. In allem war sie besser als ich. Obwohl sie keine wirklich guten Noten hatte, lobten sie viele Lehrer in den Himmel für ihr ‚überragendes Engagement für das Schulleben', sie war das IT-Girl unseres Jahrgangs. Die Jungs waren verrückt nach ihr. Wo immer sie auftauchte, wurde sie hofiert wie ein Star. Es war unerträglich mit ihr. Ich hasste sie!"

Meier faltete den Brief zusammen, um ihn wieder in der Innentasche seines Jacketts zu verstauen, entschied sich dann aber dagegen. Er strich das Papier wieder glatt und tippte mehrmals mit dem Finger auf eine Textstelle. „In Victorias Brief ist von einem Robert die Rede, bei dem Sie, Frau Haberkorn, nun freie Bahn hätten. Vermutlich ist Victorias Ehemann Robert Schlegel gemeint. Korrigieren Sie mich, wenn ich das falsch verstanden habe, Frau Haberkorn: Sie versuchen schon länger, diesen Robert für sich zu gewinnen, und das wohl ohne Erfolg?"

Melanie Haberkorn ließ sich nicht weiter provozieren. Sie stoppte den Schaukelstuhl und strich sich mit beiden Händen die langen Haare aus dem Gesicht. „Robert Schlegel war mit mir zusammen, bis er sich vom äußeren Trugbild meiner Schwester hat blenden lassen. Aber auch er hätte nicht auf Dauer die Augen davor verschließen können, wie selbstsüchtig und zerstörerisch Victoria wirklich war. Wahrscheinlich hätte er schon bald genug davon gehabt, die Hintergrundmusik für Victorias Soli spielen zu dürfen. Dann hätte er sich wieder mir zugewandt. Daran habe ich keinen Zweifel. Weiß er schon von Victorias Tod?“

„Nein“, antwortete Anja Klein, die das Gespräch aufmerksam verfolgt hatte, knapp. Dann zog sich ihre Stirn in Falten. „Was mir nicht einleuchtet, Frau Haberkorn, ist Victorias plötzlicher Sinneswandel. Nach Ihrer Aussage hat Victoria ständig versucht, Ihnen zu schaden. Halten Sie es für glaubhaft, dass Ihre so auf das Rampenlicht erpichte Schwester freiwillig aus dem Leben schied, nur um Ihnen Platz zu machen? Sie hätte die Ehe mit Robert beenden und sich von Ihnen fernhalten können. Sie hätte das Gespräch mit Ihnen suchen können. Was war Ihrer Meinung nach der Auslöser für diese unverhältnismäßige Tat?“

Melanie Haberkorn zuckte mit den Schultern. „Keine Ahnung, Frau Klein. Und, ehrlich gesagt, ist es mir völlig egal. Ich hatte nur zwei Rollen in Victorias Leben: Ich durfte gerne die Firma am Laufen halten und für ausreichend Nachschub auf ihren Konten sorgen. Und je mehr ich mir meine Niederlagen im Wettstreit mit ihr zu Herzen nahm, umso großartiger konnte sie sich fühlen.

Nein, ich kann gerade keine Trauer empfinden, nur Erleichterung, dass dieser Alptraum mich nicht mehr länger quälen wird."

15

„Sie hat uns angelogen.“

Anja zog die Beifahrertür heftiger als nötig zu, griff nach dem Gurt und ließ ihn einrasten. „Dass sie ihre Schwester geliebt hat, war eine glatte Lüge.“

Meier, der im Rückspiegel den Verkehr beobachtete, gab Anja recht: „Offensichtlich hat Melanie Haberkorn ihre Schwester gehasst, aber Liebe und Hass sind oft nicht voneinander zu trennen.“

„Wozu dann erst das Gefasel, ihr Verhältnis wäre ganz normal? Was wollte sie damit vertuschen?“

Meier startete den Motor, tiefenentspannt wie immer. „Vielleicht wollte sie die schwierige Beziehung zu ihrer Schwester nicht thematisieren. Wie sagten schon die alten Römer: De mortuis nil nisi bene - von den Toten soll man nur Gutes sprechen. Erst durch den Abschiedsbrief kam sie in Erklärungsnot."

„Belügt man Polizisten aus Rücksicht auf gesellschaftliche Umgangsformen?", warf Anja ein und beantwortete die Frage gleich selbst: „Ich glaube nicht."

Meier begann herzlich zu lachen. „Der Glaube, liebe Anja, spielt bei der Polizeiarbeit keine tragende Rolle. Wichtig ist immer, sich an die Fakten zu halten. Und Fakt ist: Wir haben einen Abschiedsbrief und eine zugehörige Leiche. Wenn wir beweisen können, dass der Brief von der Leiche stammt, können wir die Akte schließen."

Anja reagierte angesäuert. Meier gestaltete Ermittlungen gerne wie mathematische Gleichungen. Dabei hatte doch schon ihr erster gemeinsamer Fall gezeigt, wie auch erfahrene Kriminalisten von vermeintlichen Fakten in die Irre geführt werden konnten. „Und wenn wir es nicht beweisen können?" Eine kurze Pause entstand, dann ergänzte Anja: „Wird es mit Sicherheit hilfreich sein, aus Ungereimtheiten Schlüsse zu ziehen, die uns zum Täter führen."

Meier hob indigniert die Augenbrauen. „Sie halten es noch immer für möglich, dass es sich um einen Mordfall handelt?"

„Ist so ein Kribbeln in mir", erwiderte Anja. „In Polizeikreisen auch als ‚Bauchgefühl' oder ‚Richtiger Riecher' bekannt."

„Das soll es geben, aber darauf verlassen würde ich mich nicht“, räumte Meier lächelnd ein.

„Wie wollen Sie überhaupt beweisen, dass der Brief von Victoria stammt?“, hakte Anja nach.

Meier legte den Rückwärtsgang ein und rollte langsam zurück auf die Leonhardistraße. „Zunächst einmal vergleichen wir die Fingerabdrücke.“

„Daran habe ich auch schon gedacht.“ Anja zog ein Wasserglas aus ihrer Handtasche, das in einem Asservatenbeutel steckte, und grinste Meier an.

Der schüttelte den Kopf. „Sie sind unverbesserlich.“

„Ich weiß, aber ich konnte der Versuchung einfach nicht widerstehen, das leere Glas zu sichern, als Melanie uns so zuvorkommend zur Eingangstür voranging“, antwortete Anja mit einem Augenzwinkern. „Aber keine Sorge, die Haberkorn bekommt ihr Glas zurück.“

Meier passierte Murnaus östlichen Ortseingang und folgte der Weindorfer Straße. Auf der Höhe von Realschule und Staffelsee-Gymnasium klingelte Anjas Handy. Robert Schlegel war am Apparat. Er halte sich gerade in Murnaus Kaffeerösterei auf und wolle die Arbeitspause nutzen, um sich zu erkundigen, ob es schon neue Erkenntnisse hinsichtlich des Verschwindens seiner Frau gebe. Anja wich einer direkten Antwort elegant aus. „Das

Kaffeehaus liegt direkt auf unserem Weg, wir sind gleich bei Ihnen."

„Hier rechts rein", rief Anja. Doch Meier verfehlte die kleine Zufahrtsstraße und musste an der schräg gegenüber liegenden Tankstelle wenden. Schließlich parkte er seinen blauen Opel direkt vor dem Café. Die Kommissare betraten den Verkaufsraum, der neben Regalen für Kaffeebohnen aus aller Herren Länder auch Platz für einige Tische bot, an denen die Gäste höchsten Kaffeegenuss zelebrierten und sich dazu köstlich aussehende Kuchenstücke mit Sahne einverleibten.

Anja entdeckte Schlegel an einem Tisch vor der Bedientheke, halb verdeckt von seinem aufgeklappten Laptop. Seinen Mantel hatte er über die Lehne des Nachbarstuhls geschlagen und mit einem Aktenkoffer einen weiteren Platz belegt. Angesichts der vielen Gäste wollte er wohl von vorneherein verhindern, dass ihm jemand seine Gesellschaft aufdrängte. Als er Anja und ihren Chef kommen sah, stand er auf und räumte die beiden Stühle frei.

„Gibt es Neuigkeiten von Victoria? Haben Sie sie gefunden?" Schlegels Stimme überschlug sich. Bei jeder Bewegung drohten seine nach hinten gekämmten Haare vorzufallen. Routiniert fing Schlegel sie ein und strich sie zurück in Position. Für einen kurzen Moment war Anja amüsiert, schließlich hatte sie diese affektierte Bewegung schon im Übermaß während Schlegels Vermisstenanzeige beobachtet. *Vielleicht sollte man ihm zuflüstern, dass für solche Fälle Styling-Gel erfunden wurde?* Eigentlich war die Situation zum Scherzen viel zu ernst, aber Anja konnte für diesen aufgeblasenen Möchtegern-Dandy nicht viel Sympathie empfinden. Die angebliche Sorge um seine Frau kam ihr einstudiert vor. Dass dieser vom Geld getriebene Mann zu tiefen Gefühlen fähig sein sollte, nahm sie ihm nicht ab. Für sie war Schlegel eher ein durchtriebener Gauner als ein vom Pech verfolgter Unschuldsengel. Eher Täter als Opfer. Doch für die Tatzeit konnte er ein wasserdichtes Alibi vorweisen. War er vielleicht doch ein bemitleidenswerter Mensch, der innerhalb weniger Jahre zwei geliebte Ehefrauen verloren hatte, und sie eine Ermittlerin auf dem Holzweg, die sich von seinem unangenehmen Gehabe beeinflussen ließ?

Meier, der sein Mitgefühl für Schlegel schon hatte durchblicken lassen, übernahm die Gesprächsführung. Entgegen seiner sonst eher ruppigen Art stimmte er Schlegel überraschend behutsam auf die Todesnachricht ein: „Wir haben Ihnen eine Mitteilung zu machen, die sehr belastend für Sie sein wird.“

Nervös knetete Schlegel seine Hände. „Hat sich ein Entführer gemeldet? Will er Lösegeld?“

„Zweimal nein, Herr Schlegel.“ Meier wartete, bis die beiden älteren Damen vom Nachbartisch aufgestanden und an ihnen vorbei gegangen waren. „Victoria wurde nicht entführt. Wir haben sie gefunden."

Schlegel ahnte, was auf ihn zukommen würde, schlug die Hände vors Gesicht und presste stöhnend hervor: „Nun sagen Sie es schon!" Wieder geriet seine Frisur in Unordnung, doch diesmal kümmerte er sich nicht darum.

„Ihre Frau ist tot. Die Bergwacht hat sie heute Morgen gefunden. Es tut mir sehr leid für Sie."

Schlegel stieß einen unterdrückten Schrei aus, der einige Gäste an den Nebentischen kurz aufschauen ließ. Anja hätte ihm gerne in die Augen geblickt, doch er verharrte weiterhin in seiner Position, bis er sich schwungvoll aufrichtete und den Kopf zurückwarf.

„Dann ist Victoria ermordet worden! Definitiv! Der Abschiedsbrief ist totaler Quatsch. Finden Sie den Mörder, sonst werde ich ihn finden!"

16

Anja applaudierte innerlich. Was für eine gelungene Vorstellung. Wohldosierte Dramatik, genug, um sie und Meier seinen Schmerz nachempfinden zu lassen, zu wenig, um unerwünschte öffentliche Aufmerksamkeit zu erregen. Zur Situation passende Gesten, die es ihm trotzdem erlaubten, undurchschaubar zu bleiben, leere Ankündigungen, denen er keine Taten folgen lassen musste, ohne sich unglaubwürdig zu machen. Sie war noch immer nicht von der Unschuld Schlegels überzeugt. Bei Meier hingegen hatte Schlegels Auftritt offensichtlich tiefere Spuren hinterlassen.

Direkt nach der Rückkehr in die Polizeistation Garmisch-Partenkirchen übergab er den Abschiedsbrief der Spurensicherung, um die darauf befindlichen Fingerabdrücke überprüfen zu lassen. Auch Melanie Haberkorns Wasserglas, das Anja ungefragt eingesteckt hatte, nahmen die Kollegen mit. Meier kontaktierte sogar einen Kollegen in München, der sich auf Schriftgutachten spezialisiert hatte, um Klarheit zu schaffen, ob die Briefunterschrift von Victoria Haberkorn stammte. Als Gegenprobe lag die Unterschrift auf Victorias Personalausweis vor, den man bei der Bergung ihrer Leiche sichergestellt hatte. Hoffentlich liefern sie uns bald das Ergebnis, dachte Anja, als die Beamten Meiers Büro verließen. Erst dann würde sich klären, wer mit seiner Theorie näher an der Wahrheit lag: Meier, der von einem Selbstmord überzeugt war, oder sie, die in Anbetracht der Gespräche mit Melanie Haberkorn und Robert Schlegel einen Mord nicht ausschließen wollte.

Im Anschluss schickte Meier Anja in den Feierabend mit der Bitte, vorher noch Magdalena und Erhard Huber, die Pflegeeltern der Zwillingsschwestern, über Victorias Tod zu unterrichten. Schließlich wohnten sie in Murnau, ja sogar in Anjas Straße. Anja kam täglich an dem markanten Anwesen vorbei. Die neuen Besitzer waren erst vor wenigen Monaten eingezogen, nachdem sie die alte Villa hatten abreißen und an gleicher Stelle einen modernen Bau mit prächtigem Alpenblick hatten errichten lassen.

Während Anja die Hubers über Victorias Tod informierte, hatte sie allerdings kein Auge für die verschneite Berglandschaft. Victorias Pflegeeltern reagierten bestürzt auf die furchtbare Nachricht. Frau Huber, eine gepflegte Mittfünfzigerin, konnte nicht aufhören zu schluchzen und zu jammern. Wenigstens sah sich ihr etwa gleichaltriger Mann in der Lage, mehr über die Hintergründe der jahrelangen Vormundschaft zu berichten:

„Sepp Haberkorn und ich waren seit Kindertagen die besten Freunde. Wir haben uns nie aus den Augen verloren, auch wenn wir beruflich unterschiedliche Wege gingen. Wir waren jeweils die Trauzeugen bei unseren Hochzeiten und auch unsere Ehefrauen hatten ein inniges Verhältnis zueinander. Während Sepp und Marita zwei wunderbare Töchter bekamen, blieb uns dieses Glück leider verwehrt. Doch wir waren Melanies und Victorias Paten und die beiden Mädchen standen uns so nahe wie eigene Kinder. Die Nachricht vom Tod ihrer Eltern hat uns schwer getroffen. Viel Zeit zum Trauern hatten wir aber nicht. Noch am Unfalltag haben wir die Zwillinge in Pflege genommen. So hatten wir es Sepp und Marita bei der Taufe versprochen, ohne zu ahnen, dass wir dieses Versprechen schon so bald würden einlösen müssen. Beim Tod ihrer Eltern waren die Mädchen vier Jahre alt. Der Sepp hatte sogar testamentarisch verfügt, dass wir im Fall der Fälle in sein Haus am Riegsee einziehen und uns dort um die Kinder kümmern sollten. Das haben wir auch getan. Erst letztes Jahr sind wir ausgezogen, weil es Zeit wurde, dass die beiden auf eigenen Füßen stehen. Wir haben sie über alles geliebt und tun es immer noch."

Tiefes Mitgefühl durchdrang Anja, als sie das imposante Haus verließ, das auf fröhliche Besucher und Feste zu warten schien und jetzt von abgrundtiefer Trauer erfüllt war.

Die kurze Winterdämmerung war bereits der Dunkelheit gewichen. Nach wenigen Schritten, vorbei an mannshohen Thujen und einer Hecke aus Kirschlorbeersträuchern, erreichte sie den Eingang zu ihrem Haus. Gedankenversunken stieg sie die Treppe nach oben. An der Tür zu ihrer Dachgeschosswohnung klebte in Augenhöhe ein gelber Zettel:

„Hey Süße! Wie war dein Tag? Kommst du rüber?"

Warum eigentlich nicht, dachte Anja und drückte die Klingel ihrer besten Freundin.

„Du schaust erledigt aus, komm rein, Süße!"

Wortlos durchquerte Anja den schmalen Flur, quälte sich aus ihrer Jacke, stieß die Stiefel von ihren Füßen und ließ sich erschöpft auf Saskias Sofa fallen.

„Alles klar bei dir? Wasser? Weinschorle?"

„Wasser", entschied Anja.

Saskia stellte ein Glas auf den Tisch und schenkte ein. Sie trug nichts außer einem lila Strickungetüm, das ihr bis zur Mitte der Oberschenkel reichte und sich nicht entscheiden konnte, ob es ein zu langer Pullover oder ein zu kurzes Kleid sein wollte. Im Brustbereich prangte ein riesiges pinkfarbenes Herz. *Wo sie solche Klamotten nur immer auftreibt?* Anja schmunzelte.

„Cooles Teil, oder? Hat meine Oma für mich gestrickt. Die Wolle hab ich selbst besorgt. Was sagst du?" Dabei drehte sich Saskia mehrmals im Kreis.

„Todschick", schwindelte Anja und musste lachen. „Ich wusste gar nicht, dass Omi auch so ein verrücktes Huhn ist wie du."

„Ist sie nicht. Ich habe ihr versprechen müssen, sie jede Woche einmal zu besuchen."

„Ziemlich clever, die Omi."

„Für dieses Hammerteil würde ich sogar täglich bei ihr aufschlagen." Saskia drehte noch eine Pirouette. Dann kroch sie zu Anja aufs Sofa. „Nun erzähl mal, wie war dein Tag? Wird wieder gemordet im Landkreis?"

Sofort waren Anjas Gedanken wieder bei Victoria Haberkorn und ihren Pflegeeltern. „Ich komme gerade von unseren neuen Nachbarn, den Hubers."

„Du warst in deren Haus? Wie ist es da drinnen? Bestimmt Luxus pur, oder?"

„Darauf habe ich nicht geachtet."

„Hast du nicht? Warum nicht?"

„Es war ein dienstlicher Besuch. Ich musste den Hubers etwas Unerfreuliches mitteilen."

„Muss ja sehr schlimm gewesen sein, wenn du dich nicht mal umgeschaut hast." Plötzlich setzte sich Saskia kerzengerade auf. „Es gab wieder einen Mord, richtig?“

„Nicht direkt“, wand sich Anja. Meier hatte ihr schon mehrmals dringend nahegelegt, nicht mit Freundinnen über ihre Arbeit zu reden. Strenggenommen war es keine Empfehlung gewesen, sondern eine dienstliche Anweisung.

„Wer ist es? Ein Verwandter der Hubers? Ein Freund? Kenne ich ihn?“

Anja wehrte ab: „Ich darf nicht darüber reden, Saskia.“

So schnell gab Saskia nicht auf. „Nun sag schon! Ich schwöre, es bleibt alles unter uns. Du kannst dich auf mich verlassen.“

„So wie bei den Fotos, die du ohne Rücksprache auf Facebook veröffentlicht hast?“

„Das war voreilig und kommt nicht wieder vor. Ich hab’s begriffen, ich wollte dir doch nur helfen. Sorry.“ Saskia versteckte ihre Beine unter dem Strickpullover und zog einen Schmollmund. „Sag mir wenigstens, aus welchem Ort der Tote stammt.“

Anja gab sich geschlagen. „Aber kein Wort zu niemandem, großes Indianerehrenwort?“

„Hough, große Häuptlingsfrau.“ Saskia nickte verschwörerisch und lauschte gespannt.

„Wir haben eine Leiche in der Nähe vom Heldenkreuz gefunden. Die junge Frau stammt aus Froschhausen.“

„War es Mord?“

„Möglicherweise."

„Und was haben die Hubers damit zu schaffen?"

„Die Hubers waren ihre Pflegeeltern. Bevor sie unsere Nachbarn wurden, haben sie gemeinsam mit der Frau und ihrer Zwillingsschwester in Froschhausen direkt am Riegsee gewohnt."

„Du redest aber nicht von Victoria und Melanie Haberkorn?"

Anja war wie vom Donner gerührt. „Du kennst sie?"

„Natürlich. Schon lang. Die beiden hatten ihre Pferde auf unserem Reiterhof in Vollversorgung. Du müsstest sie auch kennen. Warst ja oft genug zu Besuch."

Anja überlegte fieberhaft, aber an Zwillingsschwestern auf dem Reiterhof konnte sie sich nicht erinnern.

Auch Saskia kramte in ihren Erinnerungen. Nachdenklich kamen ihr die Worte über die Lippen: „Ich hoffe, es hat nicht die glorreiche Diana erwischt."

Diana. Der Name war Anja ein Begriff. Bilder stiegen auf. Bilder von einem Mädchen, das anders gewesen war als die meisten auf dem Hof. Wenn „Diana" auf ihrem Wallach vorübergeritten war, hatten sich Stolz, Grazie und Schönheit vereint. Wie ein Magnet hatte das Mädchen alle Blicke auf sich gezogen, und das nicht nur, wenn sie auf ihrem Pferd posiert hatte. Eine Sympathieträgerin war sie deswegen nicht zwangsläufig gewesen. Manche Mädchen hatten nicht zu ihrer Beifall klatschenden Gefolgschaft gehören wollen und ihre Nähe gemieden. So auch Anja.

„Ist Diana Victoria Haberkorn?"

Saskia nickte.

„Ich wusste gar nicht, dass sie eine Zwillingsschwester hat", wunderte sich Anja.

„Möglich, dass du sie nie getroffen hast. Melanie war sehr selten auf unserem Hof anzutreffen. Sie kam nur hin und wieder zum Ausreiten vorbei." Saskia zog sich eine Decke über die nackten Füße. „Welche der beiden ist denn nun tot?"

„Victoria alias Diana", sagte Anja und beobachtete, wie die Lippen ihrer Freundin ganz schmal wurden. „Du hast sie gemocht, nicht wahr?"

„Ich fand sie toll", bestätigte Saskia. „Kann sein, dass sie etwas hochnäsig rüberkam, aber was Pferde anbetraf, da konnte ihr niemand etwas vormachen. Egal ob Dressur oder Springen. Sie war einfach eine Klasse für sich."

Diana beim Reiten zu beobachten, war tatsächlich Vergnügen pur gewesen. Das musste Anja zugeben.

„Kannst du dich noch an ihre erste Reitstunde erinnern?"

Anja antwortete nicht.

„Schon nach ein paar Minuten hat sie ihr Pony unerlaubt zum Parcours getrieben und ist über die Hindernisse gesprungen. Das war eine Sensation."

Natürlich erinnerte sich Anja an diesen Auftritt. Sie hatte damals große Angst um das Pony verspürt und anschließend gestaunt, mit welcher Leichtigkeit das Tier die kniehohen Hindernisse überspringen konnte. Victoria wurde von da an nur noch „Diana“ genannt, nach der römischen Göttin der Jagd. Anja hatte die Aktion dumm und verantwortungslos gefunden, andere Mädchen waren begeistert gewesen. Victoria Haberkorn hatte damals schon polarisiert und das blieb auch so, bis Anja sie aus den Augen verloren und ihren Namen vergessen hatte.

Und nun war sie tot. Gesprungen vom Heldenkreuz oder heruntergestoßen. Plötzlich bestand für Anja kein Zweifel mehr, dass es sich um Mord handeln musste. Diana, alias Victoria, war nicht der Typ für Selbstmord. Das hatte Robert Schlegel ganz richtig erkannt. Victoria Haberkorn hatte das Leben geliebt. Und sich selbst ganz besonders.

17

Gerade als Anja Saskias Wohnung verlassen wollte, klingelte es. Anja öffnete die Tür und sah sich einem dunkelblauen Augenpaar gegenüber, das von einer hellbraunen Lockenpracht umrahmt wurde. Die Überraschung stand ihr ins Gesicht geschrieben. „Herr Baum, was verschafft uns denn die Ehre?“

Johann Baum zeigte sich irritiert. „Eigentlich wollte ich zu Saskia, um ihr das hier zu geben.“ Erst jetzt bemerkte Anja die kleine Schachtel in seinen Händen.

„Genaugenommen ist es ein Geschenk für Sie, Frau Klein. Ich wollte nur nicht, dass Sie es in meinem Beisein öffnen.“ Verlegen lächelnd übergab Johann Baum Anja das hölzerne, fein lackierte Kistchen.

Der geschwungene Deckel stand ein wenig über. Es wäre Anja ein Leichtes gewesen, ihn hochzuklappen, um ihre Neugier zu befriedigen.

Stattdessen wog sie das Schmuckstück in den Händen und fragte: „Darf ich nicht doch schon einen Blick hineinwerfen?"

Unschlüssig trat Johann Baum von einem Bein auf das andere. „Vielleicht machen wir einen kleinen Spaziergang und Sie öffnen die Schachtel erst, wenn ich wieder auf meinem Rad sitze?" Er wirkte wie ein kleiner Junge, der nicht erwarten kann, dass seine Lieblingstante sein Geburtstagsgeschenk auspackt, und gleichzeitig von der Angst gequält wird, dass es ihr nicht gefallen könnte.

„Abgemacht. Vorfreude ist ja bekanntlich die schönste Freude", sagte Anja und trat zu Johann Baum hinaus in den Hausflur. Ihre Bedenken wegen eines möglichen Interessenkonflikts hatten sich in Luft aufgelöst, der Fall „Gelbjacke" war ja erledigt. Es sprach also nichts dagegen, den Mann näher kennenzulernen, der ihren Puls allein durch seine Anwesenheit beschleunigte. Anja legte den Schal um ihren Hals, knöpfte den Mantel zu und versenkte die Schachtel in ihrer Handtasche. „Gehen wir?"

Johann Baum nickte zufrieden: „Genießen wir noch etwas die Abendluft!"

Draußen empfing sie ein mildes Lüftchen, das von Ohlstadt herüberwehte. Der strenge Frost vom Anfang der Woche hatte merklich an Kraft verloren. Als sie am Haus der Hubers entlangschlenderten, riskierte Anja einen schnellen Blick zu den hell erleuchteten Scheiben, die eine Geborgenheit vorgaukelten, die dort derzeit niemand empfinden konnte.

„Sind Sie wirklich mit dem Fahrrad gekommen?“, fragte Anja. Sie hatte das schnittige Mountainbike im Fahrradständer vor ihrem Wohnhaus sofort mit Johann in Verbindung gebracht. „Mittenwald liegt nicht gerade hinter der nächsten Straßenecke und besonders verlockend ist die Jahreszeit für eine nächtliche Fahrradtour auch nicht.“

„Ja, bin ich“, bestätigte Baum. Dann ließ er augenzwinkernd eine Erklärung folgen: „Mein Auto steht allerdings hier in Murnau bei meinen Eltern in der Kottmüllerallee. Das Rad gehört meinem Vater, ich habe es mir nur ausgeliehen.“

„Sind Sie denn Murnauer? Das wusste ich gar nicht.“

„Ich bin in Murnau aufgewachsen. In Mittenwald wohne ich erst seit meiner Ausbildung zum Geigenbauer. Sie dagegen sind nicht von hier, oder? Ihr charmanter Akzent verrät Sie.“

„Stimmt“, bestätigte Anja. „Ich bin Nürnbergerin. Nach Murnau kam ich erst letztes Jahr im August. Die Gegend hier kenne ich trotzdem sehr gut, weil mein Vater in Eschenlohe eine Ferienwohnung besaß. Als Kind verbrachte ich fast jedes Wochenende mit ihm dort. Eschenlohe war sozusagen unser zweites Zuhause.“

Sie überquerten die Schwaigangerstraße und bogen in den Mayr-Graz-Weg ein. Vor ihnen lag die Grundschule, dahinter spitzte der Zwiebelturm der katholischen Pfarrkirche St. Nikolaus hervor, der von Strahlern sanft beleuchtet wurde. Der Weg führte steil nach unten.

„Ihre Eltern sind getrennt?"

Mist, dachte Anja. Die Frage nach ihrer Mutter hatte sie nicht provozieren wollen, aber nun war sie nicht mehr rückgängig zu machen. „Meine Mutter lebt nicht mehr."

„Oh", entfuhr es Johann Baum. „Das tut mir aufrichtig leid."

Schweigend gingen sie nebeneinander her. Das Licht eines entgegenkommenden Radfahrers blendete kurz, dann fuhr der Mann zügig an ihnen vorüber den Berg hinauf.

„Ich kann verstehen, wenn Sie nicht darüber reden möchten", sagte Baum verständnisvoll.

Anja nickte dankbar, dennoch verspürte sie das Verlangen, sich ihm anzuvertrauen. „Ich war damals in der ersten Klasse. Meine Eltern und ich waren mit dem Auto auf dem Weg in den Pfingsturlaub, genaugenommen nach Sofia. Das Wetter war herrlich. Wir fuhren durch Rumänien und wollten die Donau mit einer Fähre überqueren, um so nach Bulgarien zu gelangen. Doch dazu kam es nicht." Anja musste sich kurz sammeln, dann fragte sie: „Waren Sie schon einmal in Rumänien?"

„Nein, bisher nicht."

Anja fröstelte und versenkte ihre Hände in den Manteltaschen. Dann fuhr sie fort: „Am Straßenrand begegneten uns oft Kinder, die lachten und uns zuwinkten. Ich fand das so nett und überschüttete sie meinerseits mit Kusshänden. Ab und zu warf ich ein paar Bonbons aus dem Fenster, worüber sich die Kinder riesig freuten. Sie riefen Worte, die ich nicht verstand, und schwenkten freudestrahlend ihre Arme. Ich fühlte mich glücklich, wie eine richtige Prinzessin."

„Kann ich mir gut vorstellen", erwiderte Baum etwas unbeholfen, da er ahnte, dass bei dieser Geschichte kein gutes Ende zu erwarten war.

„Plötzlich tauchte vor uns ein Pferdegespann mit Heuwagen auf. Ein alter Mann saß auf dem Kutschbock, neben ihm ein kleines Mädchen mit langen, schwarzen Haaren. Mein Vater bremste ab und überholte das Fuhrwerk nach der nächsten Kurve. Das Mädchen winkte wild mit den Armen. Ich ließ meine Fensterscheibe herunter und tat es ihr gleich. Sie rief etwas. Ich verstand sofort, was sie meinte, und schüttelte den Kopf, da die Tüte mit den Bonbons leer war. Daraufhin stand das Mädchen auf, zog ihr Kleidchen nach oben und streckte mir ihren nackten Hintern entgegen. Ich war so wütend, dass ich meine Faust aus dem Fenster hielt und den Mittelfinger aufrichtete. Mein Vater muss die Aktion im Rückspiegel gesehen haben, denn er drehte sich um und griff nach mir, um mich vom Fenster wegzuziehen. Dann schrie er, dass ich den Unsinn sofort lassen solle. Dabei verriss er das Lenkrad und wir krachten an einen Baum am Straßenrand. Mein Vater und ich wurden nur leicht verletzt, aber meine Mutter habe ich seitdem nie wieder gesehen."

Anjas Augen füllten sich mit Tränen. Johann Baum blieb stehen, behutsam zog er Anja zu sich und legte eine Hand auf ihre Schulter. Sekunden verrannen. Sekunden, in denen sich Anja wie jeden Tag fragte, warum eine einzige unbesonnene Handlung dermaßen fatale Folgen haben musste. Schuldgefühle übermannten sie, wie immer, wenn sie an den Unfall dachte. Schließlich befreite sich Anja aus Baums Arm und ging weiter. „Tut mir leid, dass Sie sich das anhören mussten. Ich weiß gar nicht, was in mich gefahren ist. Lassen Sie uns über etwas anderes reden."

„Ich kann nachfühlen, wie Ihnen zumute ist", sagte Baum leise. Anja blickte zu ihm auf und glaubte, auch in seinen Augen einen feuchten Glanz zu entdecken. Obwohl er bisher wenig von sich preisgegeben hatte, kam ihr Baum vertraut vor. Gar nicht wie jemand, den sie eben erst im Begriff war kennenzulernen.

„Schau mal", sagte er plötzlich und wies auf ein Schild mit der Aufschrift „Musikschule". „Hier habe ich gelernt, wie man einer Geige die schönsten Töne entlocken kann."

Anja bemerkte, dass Johann Baum ganz nebenbei zum „Du" übergegangen war und überlegte kurz, wie sie darauf reagieren sollte. Dann antwortete sie: „Dein Lehrer hat dich geliebt, oder? Vermutlich warst du der beste Schüler, den er je hatte.“

Johann Baum lachte. „Ich glaube, Herr Lüders hatte keinen Grund, sich zu beklagen.“

Anja hakte sich bei Johann unter und beide beschleunigten ihre Schritte. Erst als sie den Untermarkt erreichten, wurden sie langsamer. Anja kam die Schachtel in den Sinn, die sie in ihre Handtasche gestopft hatte. „Magst du mir nicht verraten, was in der kleinen Kiste ist, die du mitgebracht hast?“

„Neugierig bist du überhaupt nicht, was?“

„Doch sehr“, gab Anja zu. „Nun sag schon!“

„Etwas, das ich schon vor einigen Jahren angefertigt und seither aufbewahrt habe, um es eines Tages einem ganz besonderen Menschen zu überreichen. Und heute ist dieser Tag gekommen.“

Anja glaubte, sich verhört zu haben. „Ich soll dieser besondere Mensch sein?“

„Du bist es.“

Jetzt verschlug es Anja die Sprache. Was auch immer in dem Kästchen sein würde, so ein Kompliment bekam sie nicht alle Tage. Sie löste sich von Johann und rannte der barocken Madonnenfigur entgegen, die auf einer hohen Steinsäule schräg gegenüber dem Hotel „Post“ stand. Die sogenannte „Mariensäule“ umrandete ein steinerner, von zentimeterhohem Schnee bedeckter Sockel. Anja wischte ein kleines Stückchen Mauerwerk frei und ließ sich darauf nieder. Ihre Wangen glühten. Wenn das seine Masche war, Frauen zu beeindrucken, war sie durchaus effektiv.

„Alles okay bei dir?" Johann Baum war Anja nachgerannt und hatte sich neben ihr in den Schnee gesetzt.

„Ich möchte jetzt unbedingt wissen, welches Geheimnis in dem Kästchen steckt." Demonstrativ öffnete Anja ihre Handtasche.

Johann Baum gab sich geschlagen: „Okay, mach auf!"

Der Deckel klappte hoch. Vor ihr lag eine winzige Geige mit herzförmigem Geigenkasten. Der Bogen war schräg auf die Saiten geklebt, geformt wie Amors Pfeil.

Anja rang um Fassung. Es fühlte sich an, als hätte ihr Johann soeben einen Heiratsantrag gemacht. Sprechen konnte sie nicht. Nicht mit diesem Kloß im Hals.

Johann Baum stand auf und klopfte sich den Schnee von seiner Hose. „Wir sollten den Rückweg antreten."

Anja nickte und erhob sich ebenfalls.

Dann schloss sie ihre Hand um seine Finger.

18

Er hatte darauf bestanden, dass Bens Zimmer unangetastet blieb. So wie es sein Bruder für immer verlassen hatte, sollte es bleiben. Nichts durfte verändert werden, nicht das Geringste.

Seinen Bruder würde das nicht wieder lebendig machen, natürlich nicht. Aber es war eine Möglichkeit, Ben seinen Respekt auszudrücken, ihm sozusagen die letzte Ehre zu erweisen.

Ihren Eltern hatte er versprochen, Bens Zimmer sauber zu halten, was er nun schon seit drei Jahren regelmäßig tat, auch wenn er selbst längst eine eigene Wohnung bezogen hatte. Doch erst vor vier Wochen hatte er die handgeschriebenen Seiten entdeckt, ganz zufällig beim Abstauben von Bens Kleiderschrank. Hinter dem Kranzelement hatte das schmale Tagebuch gelegen, und nun las er allabendlich in den mit Füller bekritzelten Blättern.

Der Kummer, der ihm dabei die Kehle zuschnürte, war auf eine besondere Weise heilsam. Die Liebe zu seinem Bruder so intensiv zu spüren, überwog den Schmerz, den das Lesen mit sich brachte.

Oktober 2011

Lieber Michi,

echt krass, was heute passiert ist:

Mein Bruder hat mir ein T-Shirt von den Dallas Mavericks geschenkt. Genauer gesagt von Dirk Nowitzki. Ich habe mich so wahnsinnig gefreut, dass ich meinen Bruder fast erwürgt hätte vor Glück. So ein Shirt hat echt nicht jeder! Ich habe es direkt übergezogen. Passt wie angegossen. Mein Gott, ich bin so happy!

Kaum hatte ich es am Körper, verfrachtete mich mein Bruder samt Rollstuhl in sein Auto und karrte uns nach München. Wo die Reise hingehen sollte, hat er mir nicht verraten. Wahnsinn, als ich es dann endlich geschnallt habe. Ich musste echt schlucken, als wir in der Sporthalle der Young Wheelers vom USC standen. Ich stieg in einen Sportrollstuhl um und dann ging die Post ab. Ich kannte gar nicht die Regeln, andauernd sind mir diese blöden Schubfehler passiert. Man darf nur zweimal den Greifring am Rollstuhl drehen, ohne zu dribbeln. Aber wie man einen Korb wirft, das weiß ich. Der Trainer hat Bauklötze gestaunt, was ich für Dinger versenkt habe. Ob ich nicht Lust hätte, bei ihnen mitzumachen, hat er mich nach dem

Training gefragt. So einen wie mich könnten sie gut gebrauchen.

Zum Glück habe ich nicht gleich losgeheult. Dass mich jemand braucht, daran habe ich nicht mehr geglaubt, seit meine Beine weg sind. Normalerweise ist es ja umgekehrt: Nur ICH brauche ständig jemanden.

Jedenfalls habe ich sofort zugesagt und mein Bruder hat den Mitgliedsantrag ausgefüllt und versprochen, mich zu jedem Training, jedem Spiel und jedem Turnier zu kutschieren.

Kannst du dir vorstellen, wie ich mich gefreut habe, Michi? Nein, das kannst du nicht! Das kann niemand. Das weiß nur ich.

19

Als Meier an ihren Schreibtisch trat, starrte Anja auf die herzförmige Geige und den darauf befindlichen Pfeil Amors. Sie hatte die Miniatur direkt neben ihren Monitor gestellt, um möglichst oft an den Mann erinnert zu werden, der seit gestern Abend ihre Gedanken beherrschte.

„Sehr hübsch“, befand Meier. „Ein nicht mehr so heimlicher Verehrer?“

„Was dagegen?“

„Vielleicht.“ Meier schien in Stänkerlaune zu sein. Übertrieben interessiert reckte er seinen Kopf und begutachtete ausgiebig das Kunstwerk. „Wirklich einzigartig“.

„Ja, das ist er“, bestätigte Anja und grinste breit.

„Wer?“

„Johann Baum.“

„Johann wer?“

„Johann Baum – Geigenbauer in Mittenwald."

Meier dachte kurz nach. „Ist das nicht einer der jungen Männer, die Sie gestern sprechen wollten? Jetzt wird mir einiges klar."

Anja errötete. „Er und sein Freund hatten die gelbe Jacke in der Klamm vergessen. Sie waren hier, um das Fundstück abzuholen."

„Interessant", fand Meier. „Dann zählt Johann Baum also nur zu Ihrem erweiterten Bekanntenkreis? So nannten Sie es doch, oder?"

„Freundeskreis. Ich sagte: erweiterter Freundeskreis."

„Erstaunlich, dass er Ihnen dann gleich solch ein Kunstwerk mit unübersehbarer Botschaft verehrt hat, finden Sie nicht? Ob er wohl noch mehr davon auf Lager hat?"

„Das kann Ihnen doch egal sein!" Anja war empört.

„Nur Spaß", beschwichtigte Meier. „Lassen Sie sich nur nicht so leicht um den Finger wickeln, sonst bekommt es dieser Geigenklempner mit mir zu tun."

„Ihre Fürsorge in allen Ehren, lieber Wolfgang, aber ich kann ganz gut selbst auf mich aufpassen. Und sollte ich den Rat eines Experten in Liebesdingen brauchen, komme ich selbstverständlich gern auf Sie zurück."

Meier lächelte amüsiert. „Ich stehe Ihnen jederzeit mit meinem unermesslichen Erfahrungsschatz zur Seite."

„Na, dann bin ich ja voll und ganz beruhigt." Anja lehnte sich in ihrem Stuhl zurück. „War es das, was Sie mir mitteilen wollten?"

„Nicht ganz." Meier setzte eine wichtige Miene auf. „Es gibt Neuigkeiten im Fall Haberkorn."

„Die Auswertung der Fingerabdrücke liegt endlich vor?"

Meier nickte vielsagend. „Es könnte tatsächlich Mord gewesen sein."

„Ich wusste es." Anja triumphierte. „Victorias Fingerabdrücke sind nicht auf dem Abschiedsbrief, stimmt´s?"

„Doch", entgegnete Meier. „Das sind sie. Allerdings auch die von ihrer Schwester Melanie. Und die einer dritten Person."

„Das ist ja interessant."

Meier nickte. „Aber das ist noch nicht alles: Auf dem Brief wurden Spuren von Klebstoff gefunden, wie er bei Post-its verwendet wird. Direkt unterhalb des Klebstoffs sind eine Zahlenkolonne und ein paar vereinzelte Buchstaben durchgedrückt. Der Schriftsachverständige ist ziemlich sicher, dass dieser Klebezettel nicht von Victoria Haberkorn geschrieben wurde.

„Moment mal!" Anja überlegte. „Der Abschiedsbrief diente also jemandem als Schreibunterlage? Jemand anderem als Victoria Haberkorn?

„Danach schaut es aus", bestätigte Meier. „Den Brief an sich hat Victoria Haberkorn aber unterschrieben, daran hat unser Experte keine Zweifel."

„Sehr seltsam", stellte Anja fest und suchte nach einer logischen Erklärung. Immer verrücktere Szenarien geisterten durch ihren Kopf. Dann durchfuhr sie ein Geistesblitz. „So könnte es gewesen sein!" Anja nahm ihr Tuch von der Lehne und schlug es um ihren Hals. „Kommen Sie, Wolfgang! Jetzt lernt uns die Haberkorn kennen."

20

Eine halbe Stunde später standen Anja und Meier in Froschhausen vor dem Haus der Haberkorn-Schwestern und malträtierten den Klingelknopf.

„Wohl niemand da", mutmaßte Meier, denn die Tür blieb verschlossen.

„Ich sehe mal hinten nach." Anja stapfte über die durchweichte Wiese, die das Haus umschloss. Die makellose Schneedecke, die das Grundstück noch vor zwei Tagen in unschuldiges Weiß gekleidet hatte, war zu einzelnen schmutzigbraunen Häufchen zusammengeschmolzen. Anja stützte sich auf die elegant geschwungene Umrandung der Teakholzterrasse und folgte mit den Augen dem Steg, der hinaus auf den See führte. Sonnenstrahlen prallten von der glatten Oberfläche des dunkelblauen Wassers ab. Kein Boot wellte den Wasserspiegel, kein Entenruf störte die Stille und den Frieden des Wintertages. Doch die Ruhe währte nicht lange.

„Frau Haberkorn?“

Anjas Rufe verhallten ungehört.

„Melanie Haberkorn?“

Niemand antwortete.

Anja schirmte ihre Augen mit den Handflächen ab und blickte durch eines der Panoramafenster. Sie erkannte die Sitzlandschaft, auf der sie am Mittwoch gemeinsam mit Meier Melanie Haberkorn die Nachricht vom Tod ihrer Schwester überbracht hatte. Der Himmel spiegelte sich in der Scheibe und verwehrte tiefergehende Blicke ins Hausinnere. Mit den Armen versuchte Anja, eine größere beschattete Zone zu bilden. Sie erschrak, als die Scheibe der Terrassentür durch den Druck ihrer Ellenbogen nachgab und langsam aufschwang.

„Was tun Sie denn da?“, rief Meier entgeistert. Er war Anja gefolgt und hatte gerade einen Fuß auf die Terrasse gesetzt.

„Pscht!“ Anja bedeutete Meier, still zu sein. Erst wollte er protestieren, doch dann hörte er es auch. Aus dem Inneren des Hauses drangen gedämpfte Geräusche, die keiner von beiden erwartet hatte: lautes Gepolter, splitterndes Holz, zerschellendes Glas. Schreie.

Meier zog seine Waffe und stieg über die Schwelle ins Haus. Anja tat es ihm gleich. Mit den Pistolen im Anschlag durchquerten sie den menschenleeren Raum und steuerten auf die blaue Glaswand zu, deren Tür sich wie zuletzt automatisch öffnete und den Durchgang zum Flur freigab. Die Geräusche kamen vom oberen Stockwerk, noch lauter und bedrohlicher. Auch ohne viel Phantasie ließ sich erahnen, welche Szenen sich dort oben abspielten: Etwas Hölzernes knallte hart auf den Boden – vielleicht ein Stuhl, gefolgt von lautem Krachen – vielleicht von Möbeln, die umgestoßen wurden. Eine Frau schrie: „Fass mich nicht an! Lass mich!“ Mehrfach schlugen zerbrechliche Gegenstände gegen die Wände und fielen klirrend zu Boden. Wieder war die Stimme der Frau zu hören, jetzt ängstlicher und verzweifelter: „Hau ab! Ich habe Victoria nicht getötet! Du spinnst doch!“

Anja und Meier stürmten die Marmortreppe hinauf, als eine Männerstimme donnerte: „Du beichtest der Polizei, was du getan hast, du widerliche Kröte!“

Das Klatschen einer Ohrfeige folgte.

„Du hast mein Leben zerstört, dafür sollst du für immer im Knast verrotten.“

Die Frau schrie um Hilfe, verstummte aber abrupt. Vermutlich hielt ihr der Kerl den Mund zu. Oder würgte er sie sogar? Die Kommissare hetzten nach oben, zwei Stufen auf einmal nehmend, während der Mann weitertobte: „Du gehst zur Polizei und gestehst, sonst bringe ich dich um! Hast du mich verstanden?“

Anja erreichte als Erste das Obergeschoss. Ein langer Flur verband etliche Zimmer miteinander.

Plötzlich fiel ein Schuss. Eine Tür auf der linken Seite schlug auf und ein Mann taumelte Anja entgegen. Es war Robert Schlegel. Mit blutverschmierter Hand umklammerte er seine rechte Schulter.

„Hinlegen!“, befahl Anja und hob ihre Waffe.

Schlegel sank ohne ein Wort zu Boden. Benommen von Schock und Schmerz drohte er das Bewusstsein zu verlieren. Meier verstaute seine Waffe und eilte dem Verwundeten zu Hilfe. Vorsichtig schob Anja ihren Körper an den beiden Männern vorbei bis hin zu der Tür des Zimmers, aus dem Schlegel soeben gekommen war. Ein kurzer Blick hinein bestätigte alle Befürchtungen. Ihr bot sich ein Bild der Verwüstung: quer im Raum - ein umgestürztes Designerregal. Alles, was es bisher beherbergt hatte - verstreut am Boden: Glasminiaturen, Bilder in zerbrochenen Rahmen, Karnevalsmasken aus Venedig, Schmuckschatullen, bemalte Muscheln, mit buntem Sand gefüllte Gefäße. Der Schreibtisch vor dem Fenster lag umgestoßen auf der Seite. Daneben ein Stuhl – zerbrochen in seine Einzelteile. Bücher, Stifte, Büroklammern, Papier. Alles wild verstreut am Boden zwischen unzähligen Scherben von Porzellanvasen.

Hinter dem Schreibtisch machte Anja eine Bewegung aus. Sie lauschte mit angehaltenem Atem.

Ein leises Röcheln, ein Schluchzen, unterbrochen von Schmerzenslauten. Scherbenklirren. Anja festigte den Griff um ihre Waffe. „Frau Haberkorn? Sind Sie das?“ Blonde Haare tauchten auf. Lange Haare. Ein Nicken. Dann eine verängstigte Stimme: „Ist er tot?“

Anja registrierte die Pistole auf dem Fensterbrett und zielte darauf. „Melanie Haberkorn?“ Wieder das Nicken. „Nehmen Sie die Hände hoch! So, dass ich sie sehen kann!“

Zwei Arme wurden nach oben gestreckt. Als Anja zügig den Raum durchschritt, knirschten die Scherben unter ihren Schuhen. Beherzt griff sie nach der Pistole und steckte sie ein. Ihre eigene Waffe verstaute sie im Holster. „Herr Schlegel lebt, er kann Ihnen nichts mehr antun. Mein Kollege ist bei ihm.“ Anja kniete sich neben Melanie Haberkorn und inspizierte deren Verletzungen im Gesicht und am Hals. „Sieht ziemlich schlimm aus. Was wollte denn der Schlegel von Ihnen?“

„Was er wollte?“, tönte Schlegels Stimme aus dem Flur. „Sag es ihr, Melanie! Na los! Sag ihr, was du getan hast!“

21

„Was genau, glauben Sie, hat Ihre Schwägerin getan?“

Meier hatte Schlegels Verletzung in einem der oberen Bäder notdürftig versorgt und ihn die Treppe nach unten zu einem Sofa bugsiert, um auf den Krankenwagen zu warten. Die Kugel war in der Schulter steckengeblieben, die Blutung unter Kontrolle. Aufgrund des Adrenalins, das seinen Körper durchflutete, schien Schlegel die Schmerzen in der Wunde noch nicht zu spüren, denn er fluchte und schimpfte wie ein Rohrspatz.

„Was sie getan hat? Dreimal dürfen Sie raten, Herr Kommissar. Na? Eine Idee? Was könnte es wohl sein? Was könnte dieses hirnverbrannte Miststück wohl angestellt haben?“

Schlegels Gesichtszüge waren nach wie vor wutverzerrt, die Augen funkelten hasserfüllt. „Ihre Schwester gekillt, das hat sie! Meine Victoria, meine geliebte Victoria in den Tod gerissen. Nur um mich zurückzugewinnen. Wie absurd! Wie total bescheuert! Als ob ich sie nach dieser Tat jemals wieder lieben könnte. Die Frau ist doch komplett verrückt!"

„Haben Sie Beweise für Ihre Anschuldigungen?"

Meier musste Schlegel immer wieder am Aufstehen hindern, indem er ihn an der unverletzten Schulter zurück in die Sofakissen drückte.

„Beweise? Wozu Beweise? Liegt doch alles sonnenklar auf der Hand! Freudestrahlend hat Melanie mir ihre Zukunftspläne dargelegt. Der Weg wäre jetzt frei für unsere Liebe, wir könnten dort weitermachen, wo wir damals beim Abschlussball aufgehört hatten. Lauter Schwachsinn hat sie von sich gegeben, bis ich es nicht mehr ausgehalten habe und ausgeflippt bin. Ich habe sie gepackt und geschüttelt und verlangt, dass sie alles bei der Polizei gesteht, was sie natürlich abgelehnt hat. Hinter Gittern zu versauern, ist sicher nicht das, wovon Melanie träumt. Aber dafür wird sie sich verantworten müssen. Lassen Sie ihr das bloß nicht durchgehen! Sperren Sie sie am besten sofort weg! Die Frau ist doch wahnsinnig!"

Meier, der den Krankenwagen und die von ihm herbeigerufene Verstärkung durch das Fenster entdeckt hatte, erhob sich. „Nun beruhigen Sie sich erst mal, Herr Schlegel. Wenn Melanie Haberkorn ihre Schwester getötet hat, wird sie zur Rechenschaft gezogen werden."

Es klingelte.

„Sie bleiben hier liegen!"

Ohne Schlegel aus den Augen zu lassen, ging Meier rückwärts zur Haustür, öffnete sie und wies den Sanitätern den Weg. Seine beiden Kollegen beauftragte er, Schlegel ins Unfallkrankenhaus Murnau zu eskortieren und dort auf weitere Anweisungen zu warten. Auf einer Trage wurde Schlegel nach draußen gebracht.

„Lassen Sie sich nicht einwickeln von diesem Weibsstück, Herr Kommissar!", rief er noch, dann schwang die Haustür wieder zu.

„Es wird Zeit, Licht ins Dunkel zu bringen", sagte Meier leise und stieg entschlossen die Treppe nach oben.

22

Zu Meiers Überraschung war das Zimmer, in dem die Streithähne gewütet hatten, leer. Dafür vernahm er Stimmen aus einem Nebenraum, dessen Tür nur angelehnt war. Blutstropfen legten eine verräterische Spur. Meier bemühte sich, nicht hineinzutreten, ein wahrer Balanceakt in Anbetracht der Vielzahl und der breiten Streuung der Flecken.

„Unten im Kühlschrank liegen Gelkissen."

„Ein feuchtes Handtuch tut es auch. Ich drücke es Ihnen in den Nacken, das sollte die Blutung eindämmen."

„Danke."

Meier trat vorsichtig näher. Er wollte die Unterhaltung nicht unterbrechen, für die informelle Befragung einer weiblichen Beteiligten hatte Anja eindeutig das bessere Händchen.

„Wollen Sie Herrn Schlegel noch immer zurückgewinnen?"

„Nach dieser Vorstellung? Nein. Selbst wenn, hätte ich keine Chance. Robert denkt, ich hätte Victoria getötet."

„Kein so abwegiger Gedanke, finden Sie nicht?"

„Jetzt fangen Sie nicht auch noch an! Ja, meine Schwester war ein Biest und hat mich tief verletzt. Aber Robert sollte mich besser kennen und wissen, dass ich so etwas niemals tun würde."

Meier hatte genug gehört. Er stieß die Tür mit dem Fuß auf. In der Mitte des Zimmers kniete Melanie Haberkorn vor einem Jacuzzi. Blut tropfte ihr aus der Nase. Anja Klein saß auf dem Beckenrand und presste ein zusammengerolltes Handtuch in den Nacken der Frau.

„Haben Sie hier alles im Griff?", wollte Meier wissen.

„Ihre Nase blutet", erklärte Anja. „Wir versuchen, die Blutung zu stoppen."

Meier wandte sich an Melanie Haberkorn: „Sehen Sie sich in der Lage, ein paar Fragen zu beantworten?"

Melanie nickte vorsichtig. Meier ging um den Jacuzzi herum und packte die Einstiegsleiter mit beiden Händen. Dann lehnte er sich vor und blickte der jungen Frau fest in die Augen. „Haben Sie auf Robert Schlegel geschossen?

„Ja."

„Warum? Was ist passiert?"

Melanie Haberkorn hob den Kopf. „Er hat mein Zimmer verwüstet, mich geschlagen und gewürgt. Ich dachte, er bringt mich um." Ihre Stimme krächzte, offensichtlich bereitete ihr das Sprechen Schmerzen.

„Und Sie hatten ganz zufällig eine geladene Pistole griffbereit und konnten auf diese Weise Ihren Peiniger in die Flucht schlagen. Lässt sich das so zusammenfassen?"

„Als Robert den Schreibtisch umriss, fiel die Waffe aus der Schublade. Ich bekam sie zu fassen, während er mich würgte. Ich hatte Todesangst."

Meier registrierte den Handabdruck auf dem Gesicht der Frau und betrachtete die Würgemale an ihrem Hals, die sich dunkel verfärbten. „Wie kommt es, dass Sie eine Pistole in Ihrem Schreibtisch aufbewahren? Wir sind doch hier nicht in Amerika, Waffen müssen in Deutschland sicher verwahrt werden."

„Die Pistole dient meinem Schutz. Ich fühle mich sicherer, wenn ich weiß, dass ich mich gegenüber Einbrechern zur Wehr setzen kann. Bis vor ein paar Wochen war sie auch immer unten im Tresor eingeschlossen, aber nach der letzten Einbruchserie rund um Murnau habe ich sie in mein Zimmer geholt, immerhin habe ich einen gültigen Waffenschein."

Meier nahm die Hände von der Leiter und ging ein paar Schritte. „Warum ist Robert Schlegel hergekommen? Was wollte er hier?"

„Ich habe ihn angerufen und um seinen Besuch gebeten. Ich wollte ihm sagen, dass mir leidtut, was mit Victoria passiert ist. Dass ich ihn trotz allem noch liebe, und dass ich auf ihn warte, bis er den Schock verarbeitet hat. Er hat das aber komplett missverstanden und behauptet, ich hätte sie getötet. Dann ist er ausfallend geworden. Den Rest haben Sie ja live mitbekommen."

„Haben Sie ihm gegenüber zugegeben, für den Tod Ihrer Schwester verantwortlich zu sein?"

Trotz ihrer Schmerzen verneinte Melanie Haberkorn vehement. „Natürlich nicht!"

„Wie kommt er dann darauf?"

Diesmal kam die Antwort zögerlicher und mit gesenktem Kopf.

„Er weiß, dass ich ihn abgöttisch liebe und denkt nun, dass ich Victoria aus Eifersucht getötet habe."

„Hat er recht damit?"

„Keinesfalls!"

Meier sah eine Chance auf einen schnellen Aufklärungserfolg und insistierte weiter. Vielleicht konnte er Melanie so in die Ecke drängen, dass sie einknickte.

„Wissen Sie, was ich denke? Sie haben den Abschiedsbrief selbst verfasst, um einen Selbstmord vorzutäuschen."

„So ein Unsinn!"

„Wie erklären Sie sich dann Ihre Fingerabdrücke auf dem Abschiedsbrief Ihrer Schwester?"

Jetzt schwieg Melanie. Ihre Nase blutete wieder heftiger. Dann begann sie zu weinen.

Meier wertete dies als Geständnis. „Ich nehme Sie vorläufig fest, Frau Haberkorn. Wegen des Verdachts des Mordes an Ihrer Schwester Victoria."

Melanie Haberkorns Augen wurden groß. Flehend blickte sie in Anjas Richtung. „Ich habe niemanden umgebracht. Frau Klein! Bitte! Sie müssen mir helfen!"

23

Melanie Haberkorn wurde zunächst nach Murnau ins Unfallkrankenhaus gebracht, wo man sie gründlich untersuchte und entschied, dass sie mindestens für zwei Nächte zur Beobachtung bleiben müsse. Meier organisierte daraufhin einen Wachdienst, damit die Verdächtige während ihres Krankenhausaufenthaltes ständig unter Aufsicht blieb. Schließlich bestand nach seiner Einschätzung Fluchtgefahr. Mit den unbegrenzten finanziellen Mitteln, über die Frau Haberkorn verfüge, könne sie sich innerhalb kürzester Zeit in ein Land ohne Auslieferungsabkommen mit Deutschland absetzen, zum Beispiel nach Kuba oder auf die Philippinen, um sich der Strafverfolgung zu entziehen, so seine Worte.

Anja Klein war mit ihrem Chef im Prinzip einer Meinung, und doch verstärkte sich ihr Eindruck, dass sie und Meier etwas Wesentliches übersehen hatten, mehr und mehr. „Sie müssen mir helfen“, hatte Melanie Haberkorn sie angefleht. Schauspielerei? Verleugnung der Realität? Oder war sie tatsächlich nicht die Mörderin ihrer Schwester? Aber wie ließen sich dann ihre Fingerabdrücke auf dem Abschiedsbrief erklären? Zu dieser Frage hatte die junge Frau beharrlich geschwiegen. Aber warum, wenn sie nichts zu verbergen hatte?

Ich muss der Sache auf den Grund gehen.

Es war Freitagnachmittag, Meier hatte sich bereits ins Wochenende verabschiedet, nichts sprach dagegen, auf dem Heimweg Melanie Haberkorn im Krankenhaus aufzusuchen, um ihr ein paar Antworten zu entlocken.

Der Wachmann, der vor Melanies Zimmer postiert war, nickte Anja freundlich zu, als sie ihren Ausweis zeigte und um Einlass bat.

„Guten Abend, Frau Haberkorn!"

Anja betrat ein geräumiges Einzelzimmer. Ihren Privatpatientenstatus hatte Melanie auch als Verdächtigte noch behalten, bei einer Überstellung in das Untersuchungsgefängnis würde sich das schnell ändern. Auf dem zentral stehenden Bett saß Melanie Haberkorn mit einem Buch in der Hand. Auf dem Tischchen daneben lagen die Vogue, ein Handy und winzige, weiße Kopfhörer. Der stummgeschaltete Fernseher hing an der Wand gegenüber und flimmerte unbeachtet vor sich hin.

„Frau Klein, guten Abend!"

Melanie Haberkorn klappte das Buch zu und legte es zu der Modezeitschrift. Das wallende blonde Haar war ihr ins Gesicht gefallen. Mit ruhiger Hand strich sie es zurück. Anjas Blick fiel auf ihren Hals. Die Spuren von der Auseinandersetzung mit Robert Schlegel waren nicht zu übersehen. Anzeichen, die auf ihren Gemütszustand hätten schließen lassen, erkannte Anja keine. Die junge Frau wirkte gelassen. Entweder hatte sie den Angriff bereits gut verarbeitet oder sie konnte das Gefühlschaos, das vermutlich in ihr tobte, gut verbergen. Ihr freundliches Lächeln empfand Anja als Einladung, näher zu treten. Das hübsche Kleid stach Anja ins Auge. Sogar etwas Schmuck hatte Melanie angelegt. Offensichtlich war Melanie Haberkorn eine Frau, die zu jeder Zeit viel Wert auf ihr Erscheinungsbild legte, selbst hier im Krankenhaus.

„Hallo, Frau Haberkorn. Wie geht es Ihnen?"

„Danke, gut. Und bitte, nennen Sie mich Melanie." Melanie Haberkorn zeigte auf einen Stuhl neben dem Bett. „Nehmen Sie doch Platz."

Anja öffnete ihren Mantel und setzte sich. Das Angebot, Melanie beim Vornamen zu nennen, nahm sie kommentarlos an.

„Sie wollten, dass ich Ihnen helfe, Melanie. Hier bin ich. Was haben Sie sich vorgestellt?"

Die junge Frau war von Anjas Direktheit sichtlich überrascht. Skepsis lag in ihrem Blick, aber auch ein Hauch von Dankbarkeit und Erleichterung. „Ich bin es nicht gewesen, Frau Klein“, sagte sie eindringlich. „Bitte, helfen Sie mir, das zu beweisen!“

Schon wieder der Appell an Anjas Hilfsbereitschaft. Anja half gern und oft, aber sie hasste es, belogen zu werden. Ehrlichkeit war stets Bedingung für ihre Unterstützung. „Wenn Sie mir plausibel erklären können, wie Ihre Fingerabdrücke auf den Abschiedsbrief gekommen sind, werde ich das gern versuchen.“

„Ich kann das zwar aufklären, mache mich damit aber noch verdächtiger, als ich es ohnehin schon bin.“

„Dieses Risiko müssen Sie wohl eingehen.“ Anja setzte sich. „Dann lassen Sie mal hören, Frau Haberkorn! Erzählen Sie mir aber bitte keinen Quatsch, sonst hat sich das hier sehr schnell erledigt, okay?“

Melanie zögerte kurz, fasste dann aber einen Entschluss. „Okay“, stieß sie hervor und schlug die Bettdecke beiseite. „Ich werde Ihnen alles berichten, was ich weiß.“

„Ein guter Anfang“, befand Anja. „Ich bin ganz Ohr!“

Melanie Haberkorn begann zu erzählen. Erst stockend, dann zunehmend flüssiger: „Seit mehreren Monaten wusste ich, dass genau heute vor zwei Wochen der Polterabend meiner Schwester stattfinden sollte, eine Woche später die Hochzeit. Ich war zutiefst verzweifelt, weil mein Robert tatsächlich diese Schlange heiraten würde, und habe mir geschworen, alles dafür zu tun, um das zu verhindern. Meine Wut auf Victoria war grenzenlos. Ich war zum Äußersten bereit. Heute ist mir klar, dass ich gar nicht mehr in der Lage war, vernünftig zu denken, aber ich wollte auf gar keinen Fall hinnehmen, dass Victoria sich so schamlos an meinem Robert bediente. Es musste etwas geschehen. Etwas, das sie abschrecken würde. Etwas so Krasses, dass sie sofort die Finger von Robert lassen würde.

Also setzte ich mich an den PC und verfasste jenen Abschiedsbrief. Ich druckte ihn aus, schnappte meine Pistole und begab mich in Victorias Zimmer, wo ich ihr auflauerte. Mit vorgehaltener Waffe zwang ich sie, den Brief zu unterschreiben und drohte ihr, sie umzubringen, wenn sie Robert heiraten sollte. Ich feuerte sogar einen Schuss ab, um meiner Forderung Nachdruck zu verleihen."

Melanie knetete ihre Hände und musterte Anja nervös. Sie schien selbst kaum mehr glauben zu können, zu welchem Irrsinn sie ihre Eifersucht getrieben hatte, ohne auch nur einen Gedanken an die möglichen Folgen zu verschwenden. Nach einem tiefen Atemzug fuhr sie fort:

„Leider hat sich Victoria nicht einschüchtern lassen. Nach dem ersten Schreck hat sie mich ausgelacht, wohl wissend, dass ich nicht in der Lage wäre, ihr wirklich etwas anzutun. Der Polterabend fand wie geplant statt und eine Woche später musste ich in der Pfarrkirche St. Nikolaus mitansehen, wie Robert ihr freudestrahlend den Ring ansteckte, der doch eigentlich an meinen Finger gehört hätte. Ich fühlte mich machtlos. Gedemütigt. Hintergangen. Ich hatte alle meine Trümpfe ausgespielt und das Spiel verloren.

Die dreiwöchige Hochzeitsreise wollte ich nutzen, um aus unserem Haus auszuziehen. Aus diesem Grund hatte ich die Heimgarten-Suite im Alpenhof für drei Monate reserviert. Murnau ganz den Rücken zu kehren, kam aus beruflichen Gründen nicht in Frage. Meiner Schwester wollte ich in Zukunft aber so selten wie möglich über den Weg laufen. Dann rief Robert aus Monte Carlo an und erzählte von Victorias Verschwinden. Ich schöpfte Hoffnung und blieb im Haus."

Wieder stockte Melanie. Sie kämpfte darum, ihre äußere Gelassenheit aufrechtzuhalten. Aber die fahrigen Handbewegungen, das nervöse Hin- und Herrutschen auf der Bettkante verrieten, unter welchem Druck sie stand. Anja hob fragend die Augenbrauen und ermutigte Melanie mit einem Lächeln, ihre Geschichte zu beenden.

„Dann kamen Sie und Ihr Kollege und berichteten vom Tod meiner Schwester. Ich konnte mein Glück kaum fassen und habe innerlich jubiliert. Ich würde hier im Haus bleiben können und hätte die Chance, meinen Robert zurückzugewinnen.

Als mir Ihr Kollege jedoch den Abschiedsbrief unter die Nase hielt, konnte ich mir keinen Reim darauf machen. Ich hatte ihn zwischen Bilderrahmen versteckt, die unter meinem Bett lagen. Außer Victoria und mir wusste niemand von seiner Existenz. Trotzdem muss ihn ein Unbekannter dort gefunden, entwendet und dazu benutzt haben, den Mord an meiner Schwester als Selbstmord zu kaschieren. Mir war sofort klar: Victoria hat sich nicht selbst umgebracht und ist auch nicht durch einen Unfall gestorben. Jemand hat sie vom Heldenkreuz gestoßen. Und dieser Jemand war kürzlich in meinem Zimmer."

Die Ausführungen der jungen Frau hatten Anja in den Bann gezogen. „Was für eine abenteuerliche Geschichte", sagte sie, als Melanie Haberkorn geendet hatte. „Das soll ich Ihnen glauben?"

„Verständlich, dass Sie zweifeln. Aber manchmal schreibt das Leben Geschichten, die sich kein Schriftsteller ausdenken würde. Ich weiß, alles deutet auf mich als Victorias Mörderin hin, weil ich den Abschiedsbrief geschrieben habe und mein Motiv für alle auf der Hand liegt. Aber ich bin es nicht gewesen. Nachdem der Abschiedsbrief nicht ausgereicht hatte, Victoria von der Hochzeit abzuhalten, wäre ich nie auf den Gedanken gekommen, dass er Victorias Selbstmord erklären könnte. Jeder, der Victoria kennt, weiß, dass sie niemals freiwillig in den Tod gegangen wäre. Schon gar nicht, um für mich, ihre zweitklassige Schwester, den Weg frei zu machen. Dafür war sie viel zu egoistisch. Sie hat sich auf einen Deal immer nur eingelassen, wenn für sie mehr heraussprang als für den anderen."

Anja war noch immer nicht hundertprozentig überzeugt. Melanies letzter Gedankengang erschien ihr allerdings logisch: Victoria Haberkorn alias Diana war keine Selbstmordkandidatin. Victoria Haberkorn war ein quirliges Energiebündel, das stets unbekümmert auftrat und vor Lebensfreude nur so strotzte. Eine Frau wie diese würde sich niemals freiwillig das Leben nehmen. Warum also sollte Melanie genau dieses Szenario vorgetäuscht haben? Wäre ein tragischer Unfall in den Bergen mit Todesfolge nicht viel glaubwürdiger? Wenn Melanie tatsächlich die Mörderin ihrer Schwester war, hätte sie den erpressten Abschiedsbrief doch besser verschwinden lassen, als ihn am Gipfelkreuz des Osterfeuerkopf zu hinterlegen.

„Überlegen Sie doch mal, Frau Klein: Wenn ich einen Selbstmord hätte fingieren wollen, hätte ich meine Fingerabdrücke auf einem Abschiedsbrief hinterlassen, dessen Zweck es eigentlich sein sollte, von mir abzulenken? Sicher nicht, oder? Jeder, der schon einmal CSI oder Tatort gesehen hat, lernt doch, dass Fingerabdrücke zu den Lieblingsspuren aller Ermittler zählen."

Ein plausibles Argument, fand Anja.

„Bitte glauben Sie mir, Frau Klein. Jemand muss in meinem Zimmer gewesen sein und den Brief an sich genommen haben. Und dieser Mensch ist der Mörder meiner Schwester."

Anja nickte nachdenklich. „Mal angenommen, es hat sich tatsächlich so abgespielt: Wer außer Ihnen hatte Zugang zu Ihrem Zimmer?"

Melanie seufzte. Eigentlich waren nur die Haushälterin und das Reinigungspersonal berechtigt, ihr Zimmer zu betreten, und deren Integrität stand außer Frage. Gäste und Freunde empfing sie ausschließlich im Erdgeschoss. Nach dem unseligen Vorfall mit dem Abschiedsbrief hatte Victoria darauf bestanden, ihren Abschied vom Junggesellinnendasein im ganzen Haus zu feiern, um damit die Niederlage ihrer Schwester perfekt zu machen.

„Mehr Personen als mir lieb sind. Allein am Polterabend waren über vierzig Gäste im Haus, die sich überall frei bewegt haben, dazu noch die Angestellten des Catering-Services und unsere Hausbediensteten."

„Auch jemand, der am Tod Ihrer Schwester ein Interesse gehabt haben könnte?"

Melanie schüttelte bedauernd den Kopf. Wie oft hatte sie in den vergangenen Tagen über mögliche Motive nachgedacht. Natürlich hatte Victoria verschiedenen Menschen übel mitgespielt, aber letztendlich hatte niemand unter ihr so zu leiden gehabt wie Melanie selbst. Und die meisten Gäste gehörten zu Victorias williger Gefolgschaft.

„Warum sollte Victoria jemanden einladen, der ihr an den Kragen will?“

„Was waren das für Leute? Freunde, Verwandte?“

„Hauptsächlich Freunde von Victoria. Von Roberts Clique waren auch etliche da. Und unsere Pflegeeltern. Aber die sind nicht lange geblieben.“

„War unter Roberts Freunden einer dabei, der Victoria nicht mochte?“

„Das habe ich mich auch schon gefragt. Leider kenne ich sie nicht so gut. Einen Mord würde ich aber keinem von ihnen zutrauen.“

„Könnten Sie mir trotzdem alle Namen notieren, die Ihnen einfallen?“

„Nicht nötig. Es existiert eine Gästeliste mit allen Adressen und Telefonnummern, sortiert nach Victorias und Roberts Freunden. Sie liegt auf dem Schreibtisch in Victorias Zimmer. Dort habe ich sie zumindest zuletzt noch gesehen.“ Melanie Haberkorn zog die Schublade des Beistelltisches auf und entnahm einen Schlüsselbund. „Hier, nehmen Sie den. Victorias Zimmer liegt neben meinem im ersten Stock. Der Code für die Alarmanlage ist 110. Sie müssen ihn innerhalb einer Minute nach dem Aufschließen ins Zahlenfeld neben der Eingangstür eintippen, sonst schickt der Wachdienst sofort die Polizei.“

Anja schmunzelte. Meier wäre begeistert, sie bei einem Einbruch auf frischer Tat zu ertappen

„Geben Sie her, ich schaue mich mal im Haus um."

24

Natürlich war sie hier mit Zustimmung der Eigentümerin, aber die Vorstellung, versehentlich den Alarm auszulösen und auf jeder künftigen Weihnachtsfeier zur „Schlechtesten Einbrecherin aller Zeiten" gekürt zu werden, ließ ihre Finger zittern, als sie den Schlüssel ins Schloss steckte und drehte. Nachdem sie die Überwachungsanlage in den Ruhezustand versetzt hatte, erstrahlten wie von Geisterhand taghelle Lampen in Flur und Treppenaufgang. Sie vermied es, das eiserne Geländer zu berühren, als sie nach oben ging.

Eingetrocknete Blutstropfen markierten noch immer den Weg, den Melanie Haberkorn und Anja am Vormittag genommen hatten. Die dunkelblaue Tür mit der goldenen Aufschrift „Imperium Privatum Victoria" war Anja bereits aufgefallen. Schon heute Morgen hatte sie sich gefragt, wie es dahinter wohl aussehen würde. Interessiert drückte sie die vergoldete Klinke.

Zu Anjas Überraschung ähnelten sich die Zimmer der Schwestern. Die Farben in Victorias Privatbereich waren insgesamt etwas markanter, was Anja als einen Hinweis auf deren Extrovertiertheit interpretierte. Ganz offensichtlich hatte auch Victoria ein Faible für kunstvolle Mitbringsel aus fernen Ländern sowie allerlei dekorativen Nippes. Die Wände zierten zahllose gerahmte Selfies von den schönsten Plätzen der Welt. Das Empire State Building, der Eiffelturm, Ayers Rock, alle zum Hintergrund für eine posierende Victoria degradiert. Den durchsichtigen Schreibtisch aus gezogenem Acryl zierte eine blaue Glasvase mit weißen Blüten. Anja war sich sicher, dass es sich um ein Original von Émile Gallé handelte, billige Kopien kamen für Victoria sicher nicht in Frage. Das getrocknete Arrangement aus pinken, violetten und rosa Blüten passte ausgezeichnet dazu. *Der Brautstrauß? Eher nicht*, dachte Anja und konzentrierte sich auf die mittig auf dem Tisch abgelegte schwarze Dokumentenmappe.

Volltreffer. Das oberste Blatt war als „Gästeliste Victoria“ betitelt, gefolgt von Namen, Anschriften und Telefonnummern. Genau wie Melanie gesagt hatte. Anja blätterte geschwind durch die Seiten, bis sie auch die „Gästeliste Robert“ entdeckte. Dann schloss sie die Mappe, quetschte sie in ihre Handtasche, schaltete das Licht aus und verließ den Raum.

Auf dem Weg zur Treppe kam Anja ein Gedanke. Sie machte kehrt, öffnete die Tür zu Melanies Zimmer und ging hinein. Scherben knackten unter ihren Schuhen. Ihr Interesse galt dem Bett, unter dem stapelweise gerahmte Bilder in verschiedensten Größen hervorlugten. *Dort hatte Melanie also den Abschiedsbrief versteckt.* Anja griff nach den Rahmen und betrachtete die Fotos, die ausnahmslos Robert Schlegel zeigten. Mal in Badehose vor einem See, mal in Hemd und Shorts im Miniaturpark „Minimundus" in Klagenfurt. Auf jedem Bild lachte er breit und schelmisch, egal, ob er gerade der Freiheitsstatue die Zunge rausstreckte, am Triumphbogen seine Muskeln spielen ließ oder mit einem Finger den Schiefen Turm von Pisa vor dem Einsturz bewahrte. Erinnerungen an den Kärnten-Urlaub mit ihrem Vater vor vielen Jahren wurden wach. Damals war sie es gewesen, die sich mit ähnlich lustigen Grimassen vor den Miniaturnachbauten hatte fotografieren lassen. Auch Anja und ihr Vater waren damals im Anschluss an den Rundgang im Wörthersee schwimmen gegangen und hatten mit einem Abendessen direkt am See den Tag ausklingen lassen.

Irritiert betrachtete Anja die Bilder, nicht wegen der sentimentalen Erinnerungen an ihren eigenen Urlaub, sondern weil sie den Eindruck nicht loswurde, dass irgendetwas nicht stimmte. Vielleicht ein winziges Detail, das nicht passte, eine Kleinigkeit, die nicht hierher gehörte. Konkretisieren konnte Anja das Gefühl nicht, vielleicht täuschte sie sich ja auch. Schließlich verwarf sie den Gedanken, schoss von einigen Bildern Fotos mit ihrem Handy, stapelte anschließend die Rahmen übereinander und schob sie zurück unter das Bett. Dann ging sie nach unten, schaltete die Alarmanlage scharf und machte sich auf den Rückweg ins Krankenhaus.

Zehn Minuten später brüteten Anja und Melanie Haberkorn über Victorias Gästeliste. Bereitwillig erklärte Melanie, wen Victoria eingeladen hatte. Anja kritzelte alles in ihr Notizheft: Franziska und Vroni von der Reitschule – die besten Dressurreiterinnen im Oberland; Lars, Kai und Isabelle – die ehemaligen Leader der Big Band vom Staffelsee-Gymnasium; Ann-Kathrin mit Freund Ingo von der Theater-AG – die kommenden Stars am lokalen Promihimmel; Leopold vom Schwimmverein mit seiner Verlobten Lilly und so weiter und so weiter. Von Victorias Freunden schien auf den ersten Blick niemand verdächtig zu sein. Die Hoffnung auf eine heiße Spur schwand, zumal Roberts Liste aus nur einer einzigen Seite mit acht Namen bestand. Sechs davon waren Mitglieder der „Flying Steps“, einer Murnauer Tanzgruppe, die Robert Schlegel in der Tanzschule seiner Eltern trainierte. Melanie zeigte auf den vorletzten

Eintrag. „Gunnar Schlegel, Roberts Bruder", kommentierte sie.

Als Anjas Blick auf den letzten Namen fiel, versteifte sich ihr Körper. Nacken, Hände, Gesichtszüge - alles starr vor Schreck. Wieder und wieder flogen ihre Augen über Vorname, Name, Adresse und Telefonnummer.

Es gab keinen Zweifel: Es war sein Name, der dort stand, sein Vorname, seine Adresse und seine Handynummer. Anja konnte es nicht glauben. Sie wollte es nicht glauben.

Geschockt schloss sie die Lider und ließ das Unbegreifliche auf sich wirken. War die Welt etwa zu klein für sie? Mussten sich erneut Berufliches und Privates vermischen? Warum?

Melanies Worte nahm sie kaum wahr: „Roberts bester Freund zu Gymi-Zeiten."

Anja öffnete die Augen.

Der Name sprang ihr entgegen:

Johann Baum.

25

Wieder einmal war Freitagabend. Er hätte ausgehen können, wie die meisten seiner ungebundenen Freunde. Doch er hatte es vorgezogen, daheim zu bleiben. Seines Bruders Ben zu gedenken, brachte ihm mehr Seelenfrieden, als auf irgendwelchen belanglosen Partys die Zeit totzuschlagen.

Bens Tagebuch ruhte auf seinen Knien. Unbändiger Stolz, überschäumende Freude, aber auch bodenlose Trauer hatten ihn erfasst, als er erstmals den Eintrag vom Mai 2014 studiert hatte. Für Ben war es der schönste Tag seines von Aufs und Abs geprägten Lebens gewesen, zugleich aber der Anfang vom Ende. Das war ihm beim Lesen klar geworden. Warum hatte er das damals nicht erkannt?

Er hätte Ben beschützen können. Er hätte Ben beschützen müssen!

Mai 2014

Lieber Michi,

willst du wissen, welcher Traum sich heute erfüllt hat? Welcher langersehnte, heimliche Traum?

Sie hat mich geküsst, Michi! Victoria hat mich wirklich geküsst! Da staunst du, oder? Da fällt dir nichts mehr ein!

Ja wirklich. Die wunderbare Victoria hat meine Wangen in die Hände genommen und mich abgeknutscht. Ein wilder, fordernder Kuss war das. Ein Paukenschlag. Ein Feuerwerk. Mit nichts vergleichbar. Der absolute Wahnsinn!

Ich bin schon seit November in sie verknallt, wie du weißt. Seit sie an Leonhardi wie eine Göttin an mir vorübergeritten ist. Mit wehenden Haaren und ihrem zauberhaften Lachen. Dass sie mich eines Tages küssen würde, hatte ich damals nicht zu hoffen gewagt. Und nun hat sie es getan. Ich bin so glücklich, Michi. Ich bin überglücklich!

„Stark, wie du den letzten Dreier geworfen hast", hat Victoria zu mir gesagt und mir dann den Pokal überreicht. Meine Jungs und ich haben die Arme hochgerissen und hemmungslos die Meisterschaft gefeiert. Die Fans haben mit Konfetti geworfen und sich um Fotos mit uns gerissen. Es war unglaublich. Zum ersten Mal habe ich komplett vergessen, dass ich ein Krüppel bin.

Danke, Victoria!

Als sich seine Augen mit Tränen füllten, klappte er Bens Tagebuch zu und hing seinen Gedanken nach. Es war schwer zu ertragen, dass es kaum Momente gab, in denen Ben seine Behinderung ausblenden konnte. Und es zeugte von wahrer Seelengröße, dass Ben ihm niemals einen Vorwurf gemacht oder ihm gar die Schuld an dem Unfall gegeben hatte. Ben hatte immer loyal an seiner Seite gestanden. Mehr noch. Ben hatte ihn abgöttisch geliebt.

So wie er Ben.

Es klingelte. Er legte das Buch beiseite und trocknete sein Gesicht. Dann ging er zur Tür und öffnete.

26

„Anja, was machst du denn hier!"

Johanns überraschte Reaktion auf ihr plötzliches Auftauchen hatte sie vorhergesehen, sie musste aber nicht zwangsläufig bedeuten, dass er etwas zu verbergen hatte. Trotzdem ermahnte sie sich zu vorsichtiger Skepsis. Alle Gäste des Polterabends konnten an den Abschiedsbrief gelangt sein und zählten damit zu den potentiell Verdächtigen. Ihren neuen Freund durfte sie nicht aus verliebter Gutgläubigkeit zu schnell ausschließen.

„Ich muss mir dir reden", antwortete sie deshalb nur knapp und drängte an ihm vorbei, hinein in seine Mittenwalder Wohnung.

„Du hättest anrufen können."

„Stimmt", bestätigte Anja. „Hab ich aber nicht. Unser Thema kann man nicht am Telefon klären, das geht nur von Angesicht zu Angesicht."

Sie öffnete die erstbeste Tür und betrat die kleine Küche. Das auffälligste Einrichtungsstück war ein übergroßer Kühlschrank, an dem – wie bei ihr daheim – jede Menge Zettel mit Notizen klebten.

„Was stimmt denn nicht?“ Johann war ihr in die Küche gefolgt und sah sie mit erwartungsvollen Augen und gerunzelter Stirn an. „Bekomme ich keinen Kuss?“

Küssen war das Letzte, was Anja gerade im Sinn hatte. Sie brauchte Klarheit. Der schreckliche Verdacht musste ausgeräumt werden. Vorher war an körperliche Nähe nicht zu denken.

„Warst du heute vor zwei Wochen auf dem Polterabend von Victoria Haberkorn und Robert Schlegel?“

„Äh, ja.“ Johanns Verwirrung nahm angesichts dieser unerwarteten Gesprächseröffnung zu.

„Hast du dich an diesem Abend in Melanie Haberkorns Zimmer aufgehalten?“

„Unter anderem, ja.“ Die Falten auf Johanns Stirn vertieften sich.

„Was hattest du dort zu suchen?“ Anja ließ Johann nicht aus den Augen. Hinter ihm brummte leise der Kühlschrank.

„Soll das ein Verhör werden? Was ist denn los, Anja? Sag mir doch einfach, worum es dir geht!“

„Ich will wissen, was du in dem Zimmer gemacht hast. Warst du allein?“

Johann Baum winkte genervt ab. „Was sollen die Fragen? Bist du etwa eifersüchtig?"

Anja stutzte. „Gäbe es denn einen Grund dafür?"

„Himmel. Nein!" Johann Baum hob seine Arme. Die Hände vergrub er in seinen Locken. „Zu dem Zeitpunkt kannten wir uns doch noch gar nicht!"

„Also warst du allein in Melanies Zimmer?"

Verständnisloses Kopfschütteln folgte. „Alle Gäste hatten sich ganz zwanglos im ganzen Haus verteilt. Es wurde auf allen Etagen getrunken, getanzt und laut gefeiert. Überall herrschte ausgelassene Stimmung. Unten im Salon, in der Küche, auf der Treppe nach oben, in Melanies und Victorias Zimmer, in den ehemaligen Schlafräumen der Eltern und den Gästezimmern. Ich war überall, hab mir alles angesehen und mich amüsiert. Dagegen gibt es doch nichts einzuwenden, oder, Anja?" Behutsam ging Johann auf Anja zu und schloss sie in die Arme.

Anja schob ihn sanft, aber bestimmt von sich. „Dir ist also nichts Ungewöhnliches aufgefallen? Vielleicht ein Brief, ein Schriftstück oder ein Kuvert?"

„Nein! Wie kommst du nur darauf? Woher weißt du überhaupt von dem Abend?"

Anja spürte, dass sie bei Johann nicht weiterkommen würde, solange sie ihm nicht einen plausiblen Grund für ihre Fragen nannte. Er hatte nicht den Anschein erweckt, etwas zu verheimlichen, und seine Antworten hatten ehrlich und authentisch geklungen. Dennoch blieb sie auf der Hut. Sie kannte ihn viel zu kurz, um sicher einschätzen zu können, ob er log oder die Wahrheit sagte. Sie beschloss, Johann mit Victorias Tod zu konfrontieren und seine Reaktion genau zu beobachten. Vielleicht würden seine tiefblauen Augen etwas verraten.

„Ich frage nach dem Polterabend, weil die meisten der dort Anwesenden Victoria Haberkorn in dieser Nacht zum letzten Mal lebend gesehen haben. Eine Woche später wurde sie ermordet."

Johann Baum griff nach einem Küchenstuhl und setzte sich, als müsse er die Nachricht zunächst verdauen. Anja glaubte, Bestürzung in seinem Gesicht zu erkennen. Ob er diese vorspielte? Oder war es eher Enttäuschung, die sich in seinen Zügen offenbarte? Schließlich hatte sie mit ihren Fragen keinen Zweifel daran gelassen, dass sie ihm einen Mord zutraute. Die Sekunden verrannen. Ganz plötzlich erhob Johann seine Stimme:

„Trotzdem musst du mich nicht wie einen Kriminellen behandeln, oder glaubst du etwa, ich bin Victorias Mörder?"

Nachdem Johanns Körper den Kühlschrank nicht länger verdeckte, fiel Anjas Blick auf ein gelbes Post-it, das in Kopfhöhe daran klebte. Ein weiblicher Vorname und hingekritzelte Zahlen, vermutlich die Telefonnummer einer Verehrerin.

„Ich bin mit der Aufklärung des Falles betraut und muss allen Spuren nachgehen.“

„Hast du denn gar kein Vertrauen zu mir?“

„Doch, natürlich“, antwortete Anja mechanisch und strich kurz mit der Hand über Johanns Locken.

„Warum dann diese Fragenlawine, ohne mich über die Hintergründe aufzuklären? Ganz ehrlich, ich komme mir vor wie ein Schwerverbrecher.“

„Es tut mir leid, Johann. Als ich erfahren habe, dass du unter den Gästen warst, konnte ich nicht anders, als sofort zu dir zu fahren, um dich zur Rede zu stellen.“

Anjas Augen streiften erneut den gelben Haftzettel am Kühlschrank. Die Zahlenfolge kam ihr bekannt vor. Ebenso das kunstvoll geschwungene „F“ bei „Franziska“. Den Anfangsbuchstaben hatte die Verfasserin offensichtlich mehrmals nachgezeichnet.

„Jetzt, wo du weißt, worum es geht, kann ich doch meine Fragen stellen, oder, Johann?“

„Meinetwegen“, brummte dieser missmutig. „Ich habe nichts zu verbergen.“

Anja überflog die anderen Notizen am Kühlschrank: zwei Arzttermine, eine To-do-Liste für die kommende Woche, die Ankündigung der Geigenbauschule für den „Tag der offenen Tür“.

„Hast du keinen Kalender?“

„Wie bitte?" Johann drehte sich irritiert um. Gemeinsam musterten Anja und er die Zettelwirtschaft.

„Doch, doch. Freilich habe ich einen Kalender. Am Kühlschrank hängt immer alles, was ich in der kommenden Woche nicht aus den Augen verlieren darf."

So, so, dachte Anja und fragte sich, was diese Franziska mit dem geschwungenem „F" in der kommenden Woche in Johanns Leben zu suchen hatte. Ein Hauch von Eifersucht vertrieb die letzten Schmetterlinge aus ihrem Bauch.

Das ungute Gefühl verstärkte sich, als Anja dämmerte, warum ihr Franziskas Nummer so vertraut erschienen war. Die Erkenntnis und die damit verbundenen Konsequenzen krampften ihren Magen zusammen. Um Fassung ringend versuchte Anja, ihre nächste Frage so beiläufig wie möglich klingen zu lassen:

„Wer ist Franziska?"

Das Kinn schob sie zur Erklärung in Richtung des gelben Zettels. Zum wiederholten Mal ging sie die Zahlen der Telefonnummer durch. Es bestand kein Zweifel: Die Ziffernfolge entsprach exakt jener, die auf der Rückseite von Victoria Haberkorns Abschiedsbrief eingedrückt war. Auch das schnörkelige „F" war unverkennbar. Offensichtlich war „Franziska" diejenige Person, die den von Melanie Haberkorn verfassten – und von Victoria Haberkorn unterschriebenen - Brief als Schreibunterlage verwendet hatte. Warum musste der Beweis nur am Kühlschrank des Mannes kleben, den Anja gerade in ihr Herz zu schließen begann? Mit rasendem Puls konzentrierte sie sich mühsam auf Johanns Erklärung.

„Franziska ist eine Freundin von Victoria. Ich habe sie auf dem Polterabend kennengelernt."

Was ist dann passiert und wo? Was hattet ihr unter Melanies Bett zu suchen? Habt ihr den Abschiedsbrief entdeckt? Wirst du sie wiedersehen? Anja schossen tausend Fragen durch den Kopf, sie biss sich jedoch auf die Zunge. Jetzt war Johann an der Reihe. Und tatsächlich begann er bereitwillig zu erzählen:

„Wir saßen zusammen mit noch ein paar Leuten im Treppenaufgang. Franziska erzählte stolz von ihrer Neuanschaffung - einem goldbraunen Haflingerhengst mit weißer Mähne. Dabei kippte sie einen Sekt nach dem anderen. Sie war schon ziemlich beschwipst, als sie aufstand, mich an der Hand nahm, und in Mels Zimmer schleifte. Dort ließ sie sich auf das Bett fallen und machte unmissverständliche Andeutungen, die mich ziemlich in Verlegenheit brachten. Ich wollte ihren berauschten Zustand nicht ausnutzen. Also zog ich die Bilderrahmen unter dem Bett hervor, an denen ich mir vorher schon die Zehen gestoßen hatte, und lenkte ihre Aufmerksamkeit darauf. Wir lachten eine Weile über die Fotos, schließlich stand sie auf, holte ein Post-it vom Schreibtisch, und schrieb ihre Nummer drauf. Dann warf sie mir noch eine Kusshand zu und torkelte aus dem Zimmer. Entweder war ihr klar geworden, wie peinlich sie sich benommen hatte, oder ihr war speiübel. Ich habe noch rasch die Bilder zurück unters Bett geräumt und bin wieder zu den anderen auf die Treppe gegangen."

Wie ehrenwert. Und ihre Nummer hast du für den Fall, dass es mit uns nicht klappt, noch griffbereit. Anja kochte innerlich vor Wut, verkniff sich aber jegliche Bemerkung, die ihre Eifersucht offenbart hätte. Stattdessen fragte sie mit interessiertem Gesichtsausdruck: „Was benutzte Franziska als Unterlage, als sie dir ihre Nummer aufschrieb?"

Johann Baum überlegte nicht lange. „Einen der Bilderrahmen, denke ich."

„Ist dir nicht der Bogen Papier unter dem Post-it aufgefallen?"

Johann Baums Gesicht verfinsterte sich. Offensichtlich war er langsam mit seiner Geduld am Ende. „Nein! Mir ist kein Bogen Papier, kein Brief, kein Schriftstück und auch sonst nichts Ungewöhnliches untergekommen. Würdest du mir bitte endlich erklären, was genau mir hätte auffallen sollen?"

Anja tat es. In allen Einzelheiten. Sie berichtete von Victorias beziehungsweise Melanies Abschiedsbrief, davon, wie er zustande gekommen und wie Victorias Unterschrift erzwungen worden war. Sie klärte ihn auf, wo Melanie das Schriftstück angeblich aufbewahrt hatte, und dass es von dort zum Gipfelbuch des Osterfeuerkopfes gelangt war, höchstwahrscheinlich durch den Finder und Mörder, der vermutlich auf diese Weise Victorias Tod als Selbstmord hatte inszenieren wollen.

„So viele Zufälle auf einem Haufen?“, ließ Johann Baum kritisch verlauten, als Anja geendet hatte. „Die Geschichte vom glücklichen Finder scheint mir an den Haaren herbeigezogen zu sein. Ich jedenfalls habe keinen Brief gesehen. Wenn du mich fragst, solltest du der Melanie Haberkorn kräftig auf die Füße steigen. Ich weiß, dass sie ihre Schwester abgrundtief gehasst hat.“

27

Bis spät in die Nacht hatte er im Tagebuch seines Bruders gelesen. Wieder einmal, obwohl er die meisten Passagen inzwischen auswendig vortragen konnte. Bens letzter Eintrag lag aufgeschlagen vor ihm.

17. Mai 2017, der Tag, an dem der ICE aus München seinen Bruder samt Rollstuhl zerfetzte.

Da war Ben nicht einmal 18 Jahre alt.

Lieber Michi,

du brauchst mich nicht länger zu beschützen. Ich will, dass es schnell vorbei ist. Also lass mich einfach in Ruhe und misch dich nicht mehr ein, okay?

Du hättest mich schon vor acht Jahren gehen lassen sollen, als mich der Bus überrollt und zum Krüppel gemacht hat. Dann wäre mir einiges erspart geblieben.

Du bist schuld, dass ich diese Göttin, diese Fee, dieses bezaubernde Wesen in Menschengestalt traf. Lange habe ich sie aus der Ferne bewundert, verehrt und zaghaft um-

worben. Es gab Momente der Hoffnung, in denen sie mich glauben ließ, ein Loser wie ich wäre etwas wert und in der Lage, ihre Liebe zu gewinnen. Doch tief in meinem Herzen wusste ich immer, dass dies ein Irrglaube war, und dass sie mich zu recht täglich auslachte und verhöhnte, nicht nur während des Trainings, sondern auch nachts in meinen Träumen.

„Mach doch mit, wenn du kannst!" Ständig schleudert sie mir diesen Satz an den Kopf. Sogar gestern in der Umkleide, als sie vor meinen Augen den Trainer verführte, während ich auf meinen Bruder wartete.

Sie sieht eben der Wahrheit erbarmungslos ins Auge und sagt, was sie denkt. Nicht so wie mein Bruder, meine Eltern und all die anderen gutmeinenden Freunde. Von wegen, ich kann alles erreichen, was ich will. Gar nichts kann ich!

Sie hat sich nie gescheut, lauthals zu verkünden, was ich wirklich bin:

Beschädigte Ware, ein Krüppel, eine Belastung für die Gesellschaft.

Ich wollte das lange nicht wahrhaben, habe den zuckersüßen Lügen meiner Freunde geglaubt, aber inzwischen habe ich eingesehen, dass Victoria recht hat. Es ist besser, wenn ich für immer gehe und niemandem länger zur Last falle.

Also Michi: Beschütze jemand anderen und mach dann deinen Job besser. Ich brauche dich nicht mehr. Nie wieder!

Wie schon so oft packte ihn auch dieses Mal ohnmächtige Wut. Er legte Bens Tagebuch vorsichtig auf das Nachtkästchen, sich selbst knallte er auf die Matratze. Verbittert starrte er an die Zimmerdecke. *Hätte ich früher gewusst, welch verheerenden Einfluss diese Schlange auf meinen Bruder hatte, sie wäre nicht so lange am Leben geblieben.*

28

„Das ist echt unglaublich. Du findest Verbrecher so anziehend wie Fliegen die Kuhfladen!"

Anja wusste, was ihre beste Freundin mit diesem Kommentar zum Ausdruck bringen wollte, völlig zutreffend war er deswegen dennoch nicht. Georg Brandstetter, der Strippenzieher in ihrem ersten Mordfall, hatte tatsächlich eine gewisse Anziehungskraft auf sie ausgeübt, aber das Verhalten von Fliegen in Bezug auf Rinderexkremente war nun wahrlich ein anderes. Sie hatte sich immerhin ohne größeren Schaden von ihm lösen können, als seine Fassade bröckelte und seine wahren Beweggründe offensichtlich wurden.

Bei Johann Baum könnte der Spruch schon eher passen. Diesem Prachtexemplar eines bayerischen Mannsbilds war Anja mit Haut und Haaren verfallen. Nur war der eben kein Verbrecher. Er war nur zufällig auf dem Polterabend des

Mordopfers anwesend gewesen. Und ganz zufällig klebte das verdächtige Post-it an seinem Kühlschrank. Das hieß noch lange nicht, dass er derjenige war, der Victoria Haberkorn vom Heldenkreuz gestoßen hatte. Exakt diese Argumente hatte Johann Anja gegenüber mehrfach bekräftigt. Anja hatte ihm geglaubt. Diese Augen konnten nicht lügen. Sicher nicht!

Oder vielleicht doch?

In tiefster Nacht war Anja ausgelaugt und hin- und hergerissen zwischen Zweifeln und Hoffnung zu Hause angekommen. „Hoch die Hände - Wochenende!“, hatte auf dem oberen Zettel an ihrer Wohnungstür gestanden. „Bitte klingeln, egal wie spät es ist!“, auf dem unteren.

Es war besser, Saskias Aufforderung nicht zu ignorieren, sonst musste sie auf nächtliche Klingelattacken gefasst sein. Also hatte Anja Saskias Klingelknopf gedrückt und sie auf deren Drängen hin auf den neuesten Stand gebracht. Sie war selbst erstaunt, welch breiten Raum die „Geschehnisse“ mit Johann Baum in ihrem Bericht einnahmen.

„Wir sind seit Mittwoch zusammen“, hatte sie Saskia erklärt und mit Nachdruck „Ich glaube ihm“ beteuert, als Johanns Verstrickungen im Haberkorn-Mord Saskia zu verständnislosem Kopfschütteln trieben. Ihr darauf folgender provokanter Vergleich mit den Fliegen hatte Anja zwar geärgert, dennoch hatte sie eine kränkende Gegenattacke vermieden. Saskia platzte immer sofort mit jedem Gedanken heraus, der ihr durch den Kopf schoss, und genau das schätzte Anja so sehr an ihr. Zwar schlug Saskia eher mit dem Holzprügel zu, statt feine Nadelstiche zu setzen, aber auf ihre ehrliche Meinung war Verlass. Mit der Ankündigung: „Für morgen Früh planen Johann und ich eine Skitour zum Fahrenbergkopf", hatte Anja ihren Rapport beendet, woraufhin Saskia die Enden ihrer rot-weiß-geringelte Leggins über die Knöchel gezogen hatte und vom Sofa gesprungen war.

Mit sorgenvoller Miene stand Saskia nun vor ihr und ergriff Anjas Hände. „Du musst mir eins versprechen!"

Irritiert schaute Anja hinauf zu ihrer Freundin. Deren Stimme war fest und frei von jeglicher Ironie.

„Pass bitte auf dich auf, Anja! Sei extrem vorsichtig, rechne immer mit dem Worst Case und lass dich dann positiv überraschen. Letzten Sommer hatte ich panische Angst um dich. Das brauche ich kein zweites Mal!"

Anja versprach es und hob ein wenig ihren Pullover. Ein Holster wurde sichtbar, in dem ihre Dienstwaffe steckte. „Da du mich nicht begleiten kannst, nehme ich die hier als Lebensversicherung mit."

29

Als Anjas Blick am nächsten Morgen auf ihre Dienstwaffe fiel, zögerte sie kurz, entschied sich dann aber dagegen, das zusätzliche Gewicht an ihren Gürtel zu schnallen. Es würde hart genug werden, dem Extremsportler Johann Baum auf den Fahrenbergkopf zu folgen, also weg mit unnötigem Ballast. Saskias Sorge, Johann könnte ihr gefährlich werden, war doch ziemlich übertrieben. Mit Sicherheit ging von ihm keine Bedrohung aus, die den Einsatz einer Schusswaffe rechtfertigen würde.

Ihre Tourvorbereitungen lagen in den letzten Zügen. Ski, Skifelle, Skistiefel, Sonnenbrille, Helm und Skihandschuhe hatte sie bereits in ihr Auto geladen. Wechselkleidung, Tee, Müsliriegel und zwei Bananen verstaute Anja in ihrem Rucksack, während eiskalte Luft an der geöffneten Balkontür vorbei in ihr Wohnschlafzimmer strömte und einen Duft nach frischem Schnee sowie den Hauch von Abenteuer verbreitete.

Anjas Nase begann zu kribbeln. Für einen Moment spürte sie lächelnd ihren Gefühlen nach, dieser ganz besonderen Mischung aus Vorfreude, Spannung und Nichterwartenkönnen. Leise schloss sie die Tür zum Balkon. Erste Sonnenstrahlen durchbrachen die Wolken, den Frühnebel vertrieb die Morgenröte über Heimgarten und Herzogstand. Radio Oberland versprach nach einer schneereichen Nacht klares, sonniges Winterwetter, und ein letzter Blick aus dem Fenster verriet, dass die Wetterfrösche damit goldrichtig lagen.

„Ich schick dir ein Foto vom Gipfel“, schrieb Anja auf einen Haftzettel und schaltete das Radio aus. Dann schlüpfte sie in ihre hellblaue Skijacke, legte Mütze und Handschuhe an, schulterte den Rucksack, und verließ die Wohnung. Die Information für Saskia heftete sie an deren Tür, dann sauste sie die Treppen hinab zu ihrem Auto.

Der Parkplatz zwischen Urfeld und dem Kesselberg lag auf 847 Metern Höhe. Sich hier zu treffen, war Johanns Idee gewesen. Auch die Tour hatte er empfohlen, nachdem ihm Anja gestanden hatte, dass sie in Sachen Skitouren wenig Erfahrung hatte. Sie kannte das Gebiet rund um den Herzogstand von früheren, sommerlichen Wanderungen mit ihrem Vater ganz gut, weswegen sie

Johanns Vorschlag ohne weitere Recherchen zugestimmt hatte.

Obwohl sie den verabredeten Treffpunkt gut fünfzehn Minuten zu früh erreichte, wartete Johann bereits auf sie. Anja erkannte ihn schon von weitem. Seine Kleidung saß eng am Körper und hätte farbenfroher nicht sein können. Die Ski balancierte er auf der linken Schulter. Ein breites Grinsen stand ihm im Gesicht, als sich ihre Blicke trafen.

„Servus", rief er freudig und winkte. Seine prächtigen Locken zähmte ein knallrotes Band.

„Servus", rief auch Anja und streckte ihren Kopf aus dem Fenster. Prompt nahm Johann die Einladung an und drückte ihr einen Kuss auf die Lippen. Als Anja aus ihrem Wagen stieg, fiel ihr Blick auf den Schriftzug auf Johanns Rucksack.

„Du hast einen Airbag dabei?"

Anja wusste, dass der Airbag im Lawinenrucksack seinen Träger dabei unterstützte, im Falle eines Lawinenabgangs oberhalb der Schneemassen zu bleiben. Erst kürzlich hatte sie auf der Dienststelle Erfahrungsberichte über derartige Sicherheitssysteme gelesen, die automatisch auslösten und sich dann selbständig aufbliesen. Die tödlichen Gefahren während eines Lawinenabgangs konnten damit zwar nicht komplett gebannt, aber immerhin um fünfzig Prozent reduziert werden, hieß es dort. Den Kauf eines solchen potentiellen Lebensretters hatte sie aber dennoch nicht in Betracht gezogen. Viel zu selten war sie im Winter in den Bergen unterwegs, als dass sich diese Investition lohnen würde. Immerhin hatte sie sich schon vor Jahren ein LVS-Gerät zugelegt und trug es heute bei sich, um im Ernstfall von Suchkräften geortet werden zu können.

„Ich habe immer alles dabei", erklärte ihr Johann. „Suchgerät, Sonde, Schaufel, Erste-Hilfe-Set. Man kann nicht vorsichtig genug sein. Ich will noch ein paar Geigen bauen in meinem Leben."

Anja war sich nicht sicher, wie sie Johanns umfassende Sicherheitsvorkehrungen einordnen sollte. „Laut Lawinenwarndienst besteht heute keinerlei Gefahr", sagte sie unvermittelt.

„Ich weiß", bestätigte Johann und lächelte. „Wir werden die Tour überleben. Verlass dich drauf!" Seine Augen verschwanden hinter einer Sonnenbrille mit spiegelnden Gläsern. „Können wir?"

Es klickte beruhigend, als Anja ihre Skistiefel in die Bindung drückte. Mit Schwung schulterte sie ihren Rucksack und schob die Hände durch die Schlaufen der Teleskopstöcke. Sie dachte kurz mit Respekt an die achthundert Höhenmeter, die vor ihnen lagen, und überschlug die Zeit, die sie bis zum Gipfel benötigen würden. „Am Mittag sind wir oben, los geht's!"

30

Vor der Schlehdorfer Alm flachte der Hang merklich ab. Johann hatte die Piste im Eiltempo in Angriff genommen und stoppte nun zum ersten Mal seinen Lauf. An manchen Steilstücken hatte Anja alle Reserven mobilisieren müssen, um den Anschluss nicht zu verlieren.

Den Spaß hatte das aber nicht gemindert. Im Gegenteil. Anja liebte die Herausforderung. Mit einem Sportsmann wie Johann Baum eine Skitour zu gehen, war ein erhebendes Gefühl. Entschlossen hatte sie sich den Schneemassen entgegengeworfen und sich Meter für Meter nach oben gekämpft. Ihre Wangen hatten schon auf dem Reitweg im Wald zu glühen begonnen. Da war die Steigung noch moderat gewesen. Seit sie auf der Skipiste steil nach oben marschierten, hatte ihre Lunge mehr als einmal gedroht, Feuer zu fangen.

„Das härteste Stück liegt hinter uns“, verkündete Johann und hielt inne, um kurz durchzuatmen.

Offensichtlich hatte die Anstrengung auch bei ihm Spuren hinterlassen.

„Willst du hier etwa Wurzeln schlagen?" Anja lachte und zog gespielt locker an Johann vorüber.

Der nahm sofort die Verfolgung auf. „Und ich dachte, du brauchst eine Pause."

„Falsch gedacht", rief Anja amüsiert und erhöhte die Trittfrequenz. „Wer zuerst an der Hütte ist."

„Du bist wirklich gut in Form", keuchte Johann, nachdem er knapp als Zweiter die Bank vor der Alm erreicht hatte. Anja befreite sie notdürftig vom Schnee und legte zwei Thermokissen auf die Sitzfläche. „Und gut ausgestattet bist du auch."

Anja drehte sich nach Johann um. Ihre Augen funkelten vor Glück. „Danke, du bist lieb. Magst du dich zu mir setzen?"

Dieser Aufforderung folgte Johann nur zu gerne. Sogar seinen Arm legte er ihr um die Schultern. Die Morgensonne tauchte seine Gesichtszüge in helles Licht. Anja verspürte den Drang, sie mit den Fingern nachzuzeichnen, beherrschte sich aber. Konnte sie diesem Mann wirklich trauen? War es nicht ein Gebot der Klugheit, zurückhaltend zu sein, zumindest solange, bis der Mord an Victoria Haberkorn aufgeklärt war? Saskias Warnungen rückten in ihr Bewusstsein. Plötzlich war es ihr nicht mehr möglich, Johanns Gesellschaft unbeschwert zu genießen. Mit einem Ruck wandte sie sich ab und blickte gedankenversunken hinunter ins Tal.

„Du denkst noch immer, dass ich es war, stimmt´s?“

„Nein“, antwortete Anja. „Sonst wäre ich nicht mit dir hier. Ich kann mich nur nicht frei machen von dem Gedanken, dass noch nicht alle Fragen geklärt sind.“

Johann nahm seinen Arm von ihren Schultern. „Ich kann dich verstehen“, sagte er knapp. „Wir kennen uns erst seit Kurzem. Wie könntest du dir da sicher sein.“

„Kanntest du Victoria gut?“

„Versuchst du jetzt mein Motiv zu ergründen?“

„Herrgott nein! Aber vielleicht hilft es, wenn wir über das Thema reden.“

Johann nickte zögernd. „Ich kannte Victoria nur oberflächlich. Sie war hin und wieder bei Turnieren der Young Wheelers dabei.“

„Der Young Wheelers?“

„Eine Truppe junger Leute, die den Basketballsport im Rollstuhl ausüben. Victoria war zeitweise mit dem Trainer zusammen.“

„Und was hast du mit denen zu tun?“

„Mein kleiner Bruder war Spieler und zum Schluss sogar Mannschaftsführer der Wheelers und ich sein größter Fan und Fahrer.“

„Dein Bruder sitzt im Rollstuhl?“

„Ein Motorradunfall. Ben verlor damals beide Beine.“

Johanns Gesicht verfinsterte sich. Anja bemerkte es und nahm seine Hand.

„Es war meine Schuld“, fuhr Johann mit bitterer Stimme und gesenktem Kopf fort. „Ich habe das Motorrad gefahren.“

Anja kannte die von Schuldgefühlen hervorgerufenen Qualen genau, schließlich verging kaum ein Tag, an dem sie nicht an den Autounfall dachte, bei dem ihre Mutter ums Leben gekommen war. „Das tut mir sehr leid“, flüsterte sie und drückte fest Johanns Hand.

„Schon gut“, wehrte dieser ab und erhob sich. „Lass uns weitergehen, okay?“

Im weiteren Verlauf des Weges sprachen sie kaum miteinander. Johann schien gefangen in seinen eigenen Gedanken und Anja erging es nicht anders. Die Erinnerung an ihre Mutter und die Umstände ihres Todes machten sie traurig und beschämten sie. Zu wissen, dass Johann mit ähnlichen Gefühlen kämpfte, verstärkte ihre Sympathie für ihn noch.

Schweigend schoben sie Schritt für Schritt ihre Ski nach oben. Johann war es schließlich, der die Unterhaltung wieder in Gang brachte. „Der Fahrenbergkopf ist gleich hier links.“ Johann schwang seinen Stock in die Richtung. „So fit wie du bist, könnten wir aber noch quer rüber zum Martinskopf gehen. Hast du Lust?“

Anja hatte Lust. Auch wenn sie nicht viel geredet hatten, fühlte sie sich Johann sehr nahe. Beide waren sie schuld am tragischen Schicksal einer geliebten Person. Das verband. Jedenfalls glaubte sie das.

Das Herzogstandhaus lag schon eine Weile hinter ihnen, als Johann die Richtung wechselte. Der Schnee war hier vollkommen unberührt.

„Ich hoffe, du weißt, was du tust“, rief Anja von hinten.

„Vertrauen ist nicht deine Stärke, stimmt’s?“, entgegnete Johann, ohne sich nach ihr umzudrehen. Er schien verstimmt oder sogar verärgert zu sein.

„Wir stapfen hier querfeldein durch ungesicherten Tiefschnee, da werde ich doch wohl mal nachfragen dürfen, meinst du nicht, Johann?“

Johann brummte etwas, das Anja nicht verstand.

„Was ist denn jetzt los mit dir? Ist es wegen deines Bruders?“

Johann steckte beide Stöcke in den Schnee und wartete, bis Anja zu ihm aufgeschlossen hatte. Es dauerte einige Zeit, denn Anja musste sich sehr darauf konzentrieren, das Gleichgewicht zu halten, und setzte ihre Ski nur sehr behutsam vorwärts. Links von ihr fiel der Hang schwindelerregend ab, rechts dagegen ging es steil nach oben.

„Es tut mir leid, Anja. Ich bin einfach nur wütend.“

„Alles okay. Ich ahne, wie es in dir aussieht.“

Sie standen nun dicht an dicht.

„Du liebst Ben sehr, nicht wahr?"

Johann nickte. „Seit ich ihn zum ersten Mal im Bauch meiner Mutter spüren konnte."

„Daran erinnerst du dich noch?"

„Ja, ich war damals schon zehn."

„Einen großen Bruder habe ich mir immer gewünscht", sagte Anja nachdenklich.

„Sicher keinen, der dein Leben ruiniert, so wie ich das meines Bruders."

„Ich glaube, du bist zu streng mit dir, Johann."

„Zu streng?" Hastig nahm Johann die Sonnenbrille ab und zog die Skibrille vom Helm ins Gesicht. Dann packte er beide Stöcke. „Ich allein trage die Schuld daran, dass mein Bruder mit neun Jahren zum Krüppel wurde. Ich bin Schuld, dass er sein Leben gehasst und es mit siebzehn selbst beendet hat. Ich kann überhaupt nicht zu streng mit mir sein! Ich bin verdammt nochmal verantwortlich für Bens Leid und das unserer Eltern. Ich möchte jeden Tag im Boden versinken, wenn ich daran denke!"

Anja war verblüfft über den plötzlichen Wutausbruch. Rasch überschlug sie die Zahlen: Johann war dreißig, Ben zehn Jahre jünger. Also zwanzig, würde er noch leben. Gestorben - mit siebzehn. Das Drama lag demnach drei Jahre zurück.

Als hätte Johann ihre Gedanken erraten, sagte er: „Du fragst dich vermutlich gerade, warum ich immer noch dermaßen wütend bin."

Anja fühlte sich ertappt, ermunterte ihn aber nur mit hochgezogenen Augenbrauen zum Weitersprechen.

„Erst vor drei Wochen fand ich Bens Tagebuch. Seit dem Unfall hatte er täglich darin geschrieben. Ich habe nicht ansatzweise geahnt, wie hart es für ihn war, mit der Behinderung klarzukommen. Nie hat er geklagt, kein böses Wort kam jemals über seine Lippen. Er gab mir das Gefühl, alles wieder gutmachen zu können. Ich hatte keinen Schimmer, wie es wirklich in ihm aussah. Ich habe nicht mal gemerkt, dass er seit Jahren unglücklich verliebt war."

Anja verstand. Johann durchlebte wegen des Tagebuchs den ganzen Schmerz ein zweites Mal. Deshalb war er so aufgewühlt und wütend.

„Und dann verliebt sich ausgerechnet mein bester Freund in diese Schlampe. Und will sie auch noch heiraten, der Vollidiot. Die Einladung zum Polterabend empfand ich als Provokation. Zerreißen wollte ich sie. Dann habe ich es mir aber anders überlegt und bin hingegangen. Ich wollte die miese Ratte zur Rede stellen, die meinen Bruder auf dem Gewissen hat."

Anja wurde heiß. Ihr war klar, dass mit Johanns „bestem Freund" Roland Schlegel und mit der „Schlampe" Victoria Haberkorn gemeint sein mussten. Vorsichtig fragte sie: „War sie es, für die dein Bruder geschwärmt hat?"

Die Antwort kam schnell wie ein Geschoss und ebenso laut. „Ja, sie war es."

Anjas Ski rutschten etwas. Erschrocken griff sie nach Johanns Arm. „Hast du mit Victoria darüber gesprochen am Polterabend?"

„Nein, habe ich nicht!"

Johann schrie beinahe.

„Dafür aber mit ihrer Schwester Melanie. Sie hat mir alles bestätigt, was im Tagebuch meines Bruders steht. Dass Victoria keine Gelegenheit ausgelassen hat, meinen Bruder zu provozieren, zu demütigen, niederzumachen. Für sie war er nur ein willkommener Lückenbüßer, wenn gerade kein anderes Opfer zur Verfügung stand. Tagein, tagaus hat sie mit Bens Gefühlen gespielt. Mal machte sie ihm schöne Augen, mal zeigte sie ihm die kalte Schulter. Sie verhielt sich zu Ben genauso fies wie zu ihrer Schwester. Sie war der hinterfotzigste Mensch auf Erden. Ich bin so froh, dass sie tot ist."

Anja ließ Johanns Arm los und versuchte etwas Abstand zu gewinnen. Johann war außer sich und hatte sich nicht mehr unter Kontrolle.

„Rücksichtslose Schlampe!", brüllte er und öffnete hastig die Bindung der Tourenski.

Dass der bisher so ausgeglichene Mann dermaßen impulsiv sein konnte, hatte Anja nicht erwartet. Sie machte einen weiteren Schritt zur Seite und versuchte, ihren Stand zu festigen. Ihre Ski versanken im tiefen Schnee. Sie zögerte, die entscheidende Frage zu stellen, da die Situation jeden Moment zu eskalieren drohte. Gleichzeitig fragte sie sich, warum Johann seine Ski abschnallte.

Dann verließen die vier Worte ihren Mund, die ihr ganzes Leben ins Unglück stürzen konnten.

„Hast du Victoria umgebracht?"

Johann Baum schwieg. Wutschnaubend riss er die Felle von den Ski und stopfte sie hastig in seinen Rucksack, ohne die Abdeckung aufzuziehen. Zwei Klicks später stand er wieder auf seinen Brettern.

„Das Vergnügen hatte jemand anderes", zischte er hasserfüllt. „Leider drei Jahre zu spät."

„Johann!", schrie Anja. Doch Johann Baum hatte sich blitzschnell dem Steilhang zugewandt und raste mit irrsinniger Geschwindigkeit talwärts.

Im gleichen Moment löste sich ein riesiges Schneebrett. Entsetzt starrte Anja auf die gigantische Lawine, die sich mit brutaler Gewalt nach unten stürzte und Johann samt seiner Ausrüstung zu verschlingen drohte. Nur wenige Meter trennten Johann von den abrutschenden Schneemassen. Sein minimaler Vorsprung schmolz rapide. Johann Baum fuhr um sein Leben.

Ich muss ihn im Auge behalten. Ich muss ihn unbedingt im Auge behalten.

Wie ein Mantra wiederholte Anja ihr Vorhaben im Geiste und zwang sich, nicht zu blinzeln. Eine Zehntelsekunde der Unaufmerksamkeit würde reichen, seine Position zu verlieren. Ihre Augen füllten sich mit Tränen. Anja ignorierte es.

Nicht blinzeln, nur nicht blinzeln.

Inzwischen konnte sie nur noch mutmaßen, wo in dem gigantischen Nebel aus Schnee und Eis sich Johann befand.

Ist er noch auf den Beinen? Um Gottes Willen, wo ist er?

Plötzlich entdeckte Anja inmitten der Schneemassen einen orange leuchtenden Fleck.

Der Airbag!

Anja schöpfte Hoffnung. Johann war also nicht verschüttet. Noch hielt er sich an der Oberfläche. Mit weit aufgerissenen Augen verfolgte sie den Farbklecks, der zusehends kleiner wurde und schließlich ganz verschwand.

Ruhe kehrte ein. So schnell, wie der Spuk begonnen hatte, war er wieder vorüber. Fassungslos starrte Anja den Hang hinab. Dabei versuchte sie sich die Stelle einzuprägen, wo sie Johanns Airbag zuletzt gesehen hatte. Hektisch löste sie die Bindung und riss die Felle von den Brettern.

Auf keinen Fall kann ich im Schuss hinunterfahren. Ich muss unbedingt große Schwünge machen. Besser etwas später dort unten ankommen als gar nicht.

Doch dann erinnerte sich Anja an den Artikel, den sie kürzlich über die Lawinenairbags gelesen hatte. Die Überlebenschance von im Schnee Verschütteten lag in den ersten fünfzehn Minuten bei achtzig Prozent. Nach weiteren fünfzehn Minuten waren es nur noch vierzig Prozent. Trödeln sollte sie also nicht. Im Gegenteil. Jetzt kam es auf jede Minute an.

Die Hoffnung, Johann lebend zu finden, verlieh ihr den nötigen Mut, die Ski talwärts auszurichten. Sie visierte die Stelle an, wo sie Johann zuletzt gesehen hatte und zog die Stöcke aus dem Schnee.

Die Beschleunigung war enorm.

Das Vorhaben, mittels weiter Schwünge die Geschwindigkeit zu kontrollieren, scheiterte. In irrsinnigem Tempo raste Anja über die Bruchstelle der Lawine.

Hier hat sich das Schneebrett gelöst, dachte sie noch, als sie den Bodenkontakt verlor und hangabwärts flog. Jeden Muskel spannte sie an, um dem bevorstehenden Aufschlag standzuhalten. Als die Bretter unter ihren Füßen endlich wieder Schnee zu fassen bekamen, schoss Anja pfeilschnell nach unten. Die Piste war so zerklüftet von Eis und Schnee, dass ein Sturz unvermeidlich schien. Die Lawine hatte den frischen Pulverschnee mitgerissen und ein Trümmerfeld aus Geröll, Baumstümpfen, Eis und schwerem Schnee hinterlassen. Mit energischen Schwüngen stemmte sich Anja gegen den Berg, um den Höllenritt zu verlangsamen – ohne Erfolg. Sie spürte, wie ihre Kräfte schwanden. Immer weniger hatten ihre geschundenen Beine den harten Schlägen entgegenzusetzen. Anja ahnte, dass sie es nicht schaffen würde.

Mit letzter Kraft versuchte sie ein riskantes Manöver, um die Fahrt abrupt zu stoppen. Doch anstatt zum Stehen zu kommen, wurde ihr ein Ski weggerissen. Anja verlor vollends die Kontrolle.

Sie schrie auf.

Dann wurde alles schwarz.

31

Saskia Buntlers erster Gang nach dem Aufstehen führte zur Wohnungstür, um nach Anjas Morgenbotschaft zu suchen. Anja hinterließ ihr meist eine Nachricht, wenn sie zu Ausflügen startete, so auch heute.

„Ich schick dir ein Foto vom Gipfel."

Bestimmt war Anja in aller Herrgottsfrühe aufgebrochen, so wie immer, wenn es sie in die Berge zog. Ganz sicher genoss sie längst den grandiosen Blick in die Winterlandschaft und hielt ihr Gesicht den wärmenden Sonnenstrahlen entgegen. Vielleicht wartete ja schon das versprochene Bild auf Saskia, wieder einmal verbunden mit dem augenzwinkernden Hinweis „Ich war vor dir da!".

Saskia erfreute sich lieber von unten am Anblick der majestätischen Gipfel und wanderte auf dem Rücken ihres Lieblingspferdes entlang der Talgründe. Mit einem breiten Grinsen zog sie ihr Handy aus der Ladestation auf der Flurkommode und kuschelte sich im Wohnzimmer auf dem Sofa unter ihre wildgemusterte Patchworkdecke. Der Bildschirm des Smartphones flackerte auf und zeigte vier weiße Zahlen mit einem mittigen Doppelpunkt:

13:25

Fühlt sich gar nicht so spät an, dachte Saskia und rieb sich schlaftrunken die Augen. Sie war erst in den frühen Morgenstunden eingeschlafen, da sie bis in die Puppen ferngesehen hatte. Gähnend öffnete sie die App, über die Anja und sie immer dann kommunizierten, wenn ein direkter Informationsaustausch nicht möglich war. Verwundert wischte sie ein zweites Mal über den Posteingang, aber das änderte nichts an der Tatsache, dass bisher keine Nachricht von Anja eingetroffen war.

Sind sie noch nicht oben? fragte sich Saskia erschrocken und schaute beunruhigt erstmals nach draußen. Zu ihrem Entsetzen trübten graue Wolken die Sicht aus ihrem Panoramafenster. Dichter Nebel waberte über Ohlstadt. Die umliegenden Berge waren hinter einer gespenstisch anmutenden weißen Wand verschwunden.

Hatte die Wetterfee gestern nicht bestes Winterwetter vorhergesagt?

Mit flinken Fingern tippte Saskia eine Nachricht:

„Wo seid ihr? Geht's euch gut?"

Ein graues Häkchen signalisierte, dass die Nachricht versendet worden war, doch auf das zweite Häkchen, welches den Eingang auf Anjas Handy bestätigen würde, wartete Saskia vergeblich.

Ob Anja in einem Funkloch steckte? Wie sonst ließ sich das Fehlschlagen der Nachrichtenübertragung erklären? Anja könnte auch ihr Handy ausgeschaltet haben, aber das tat sie normalerweise nie, wenn sie unterwegs war.

„Braucht ihr Hilfe?“

Auch diese Nachricht kam nicht an. Saskia war ratlos. Die Sorge um ihre Freundin vergrößerte sich von Minute zu Minute. Hoffentlich hatte der Wetterumschwung Anja zur Umkehr gezwungen und ließ sie schon bald wieder daheim ankommen. Doch darauf zu warten, fehlte ihr die Geduld. Hastig scrollte sie nochmals durch die Kontakteliste bis zu Anjas Namen. Einen Klick später vernahm sie die alarmierende Ansage: „Der Teilnehmer ist vorübergehend nicht erreichbar.“

Was konnte sie nur tun? Der Blick aus dem Fenster beruhigte ihr Gemüt keineswegs. Immer bedrohlichere Wolkenformationen verdunkelten den Himmel. Allein der Gedanke, dass Anja irgendwo da draußen umherirrte und womöglich dringend Hilfe brauchte, war schrecklich. Noch dazu in Begleitung eines Mannes, den Anja erst seit ein paar Tagen kannte und der möglicherweise tiefer in den aktuellen Mordfall verstrickt war, als Anja wahrhaben wollte.

Sollte sie nicht schnellstens jemanden informieren? Der Blick auf die Uhr verstärkte ihren Drang, endlich zu handeln:

14:15

Nur wer kam dafür in Frage? Die Bergwacht? Die 112?

Oder Anjas Chef, Kriminalhauptkommissar Meier? Letzten Sommer hatte sie ihn überzeugen können, Anja zu Hilfe zu eilen, als diese in der Villa Brandstädter ums Überleben kämpfte. Er war ein mürrischer alter Brummbär gewesen, stocksteif und wortkarg. Aber Saskia hatte durchaus Sympathien für ihn entwickelt. Nach Anjas letzten Schilderungen hatte er sich zu einer lebensbejahenden Frohnatur gewandelt, was ja kein Nachteil war, wenn sie ihn erneut um Unterstützung bitten musste.

Ob er sie in guter Erinnerung hatte? Sie wollte ihm zumindest die Situation schildern. Dann konnte er die Initiative ergreifen und die richtigen Maßnahmen einleiten.

Seine Nummer war zum Glück noch gespeichert. Das Klingelzeichen ertönte. Drei Sekunden später war er in der Leitung.

„Meier."

Seine Stimme klang noch genauso brummig wie damals.

„Ähm, ja. Hier ist Saskia Buntler. Können Sie sich noch an mich erinnern?"

„Hören Sie!“ Meier klang aufgebracht. „An einem Gehirnfunktionstest bin ich nicht interessiert. Schon gar nicht am Wochenende. Sie können davon ausgehen, dass mein Gedächtnis einwandfrei funktioniert. Also kommen Sie bitte zur Sache, Frau Buntler!“

Saskia straffte ihre Schultern. „Es geht um Ihre Kollegin Anja Klein.“

„Das dachte ich mir schon. Was hat sie jetzt wieder angestellt? Sagen Sie nicht, dass sie erneut in Lebensgefahr schwebt!“

Saskia glaubte, neben Verärgerung auch etwas Besorgnis in Meiers Stimme auszumachen, und witterte ihre Chance. Sie wusste, dass sie nur mit gezielter Übertreibung Meier zum Handeln bewegen konnte. Also trug sie bewusst etwas dicker auf.

„Wenn Sie nicht sofort etwas unternehmen, wird Anja womöglich den Tag nicht überleben.“

Am anderen Ende der Leitung blieb es still, also sprach Saskia einfach weiter. „Anja ist mit dem mutmaßlichen Mörder von Victoria Haberkorn in den Bergen unterwegs. Haben Sie schon mal aus dem Fenster geschaut? Da draußen geht gerade die Welt unter.“

Das saß. Jetzt musste sich Meier bewegen. Gespannt wartete Saskia auf seine Reaktion. Die folgte prompt.

„Was behaupten Sie da? Mit wem ist Frau Klein unterwegs?“

„Mit Johann Baum."

„Ihrem neuen Freund?"

„Genau."

„Und aus welchen Gründen halten Sie ihn für Victoria Haberkorns Mörder?"

„Er war einer der Gäste beim Polterabend und hatte Gelegenheit, den Abschiedsbrief zu entwenden."

„Da war er nicht der Einzige."

„Aber er ist der Einzige, an dessen Kühlschrank ein Post-it mit genau den Zahlen klebt, die auf der Rückseite des Abschiedsbriefes durchgedrückt sind."

Meier war einen Moment sprachlos. „Das hat Ihnen Frau Klein erzählt?"

Saskia war klar, dass Anja Ärger bekommen würde, aber das spielte jetzt keine Rolle. „Ja, gestern Abend."

„Und warum ist sie dann trotzdem mit ihm losgezogen?"

„Weil sie an seine Unschuld glaubt."

Erneut entstand eine längere Pause. Vermutlich traf Meier in diesem Moment eine Entscheidung.

„Wann sind die beiden los und wohin wollten sie?"

Saskia jubilierte innerlich. Sie hatte Meier überzeugt. Gleich würde er Anja Hilfe schicken.

„Sie haben sich in der Früh am Parkplatz an der Kesselberghöhe getroffen und wollten mit den Tourenski zum Fahrenbergkopf. Anja hat ihr Versprechen, gegen Mittag ein Foto vom Gipfel zu schicken, nicht gehalten. Nachrichten, die ich ihr sende, kommen nicht an. Telefonisch erreichen kann ich sie auch nicht. Wir müssen sie suchen!“

Meiers Antwort war ernüchternd. „Vermutlich hat sie keinen Empfang, was bei der Wetterlage nicht verwunderlich ist. Ganz sicher ist sie rechtzeitig umgekehrt und längst auf dem Heimweg. Machen Sie sich also keine unnötigen Sorgen, Frau Buntler.“

„Ich soll mir keine Sorgen machen? Ich sterbe gleich vor Angst. Wenn Anja etwas zustößt, weil wir nichts unternommen haben, würde ich mir das nie verzeihen. Sie etwa?“

Zögerlich lenkte Meier ein. „Wir warten noch eine Stunde. Wenn sie bis dahin nicht zurück oder telefonisch erreichbar ist, rufen Sie mich wieder an, einverstanden?“

Saskia war wie vom Donner gerührt. „Das ist nicht Ihr Ernst, oder? Sie wollen warten, bis es fast dunkel ist, und dann erst mit der Suche beginnen?“

„Frau Buntler, bitte beruhigen Sie sich! Frau Klein ist eine ausgezeichnete Polizistin mit durchaus gesundem Menschenverstand. Sie weiß, was sie tut. Sie wird in Kürze auftauchen oder anrufen, glauben Sie mir.“

Saskia ließ das Smartphone sinken.

„Gnade Ihnen Gott, wenn Sie Unrecht haben.“

32

Leise knisterte es aus den Lautsprechern, als Wolfgang Meier den Arm des Plattenspielers zielsicher auf den Rand der rotierenden schwarzen Scheibe setzte. Als großer Freddie Mercury-Fan hatte er etliche Fächer seiner Wohnzimmerschrankwand für die Queen-Alben reserviert. Die ersten Töne von „Bohemian Rhapsody" erreichten seine Ohren, als er sich um Gelassenheit bemüht in den Polstern seines Relaxsessels zurechtrückte. Der Pfefferminztee auf dem Beistelltisch dampfte nicht mehr so stark wie vor dem Telefonat mit Saskia Buntler, verbreitete aber nach wie vor seinen intensiven frischen Geruch. Meier atmete tief ein und schloss die Augen. Doch der friedvolle Gemütszustand, den er eben noch in vollen Zügen genossen hatte, wollte sich nicht wieder einstellen.

„Gnade Ihnen Gott, wenn Sie Unrecht haben."

Saskias Drohung hatte sich wie ein Ohrwurm in seinen Gehörgängen eingenistet, selbst dem brillant singenden Freddie gelang es nicht, ihn zu vertreiben.

Besteht denn ernsthaft die Möglichkeit, dass Anja in Not ist, fragte sich Meier. Zugegeben, der Wetterumschwung kam überraschend, aber konnte er eine ambitionierte Sportlerin wie Anja Klein wirklich in Gefahr bringen? *Natürlich nicht*, entschied er. Anja war vernünftig genug, die Tour rechtzeitig abzubrechen. Dass sie mit einem jungen Mann unterwegs war, der möglicherweise in den Haberkorn-Mord verwickelt war, beunruhigte ihn schon eher. Anja würde nicht aufhören, den Mann so lange mit Fragen zu bombardieren, bis er sich in Widersprüche verstrickte. So gut kannte Meier seine Partnerin inzwischen. Und diese gezielte Provokation konnte durchaus gefährlich für sie werden.

„Verdammt!" Meier schwang sich aus dem Sessel und brachte Freddie zum Schweigen. Ihm ging der Daumenabdruck, den die Spurensicherung auf der Rückseite des Abschiedsbriefes gefunden hatte, nicht aus dem Sinn, aber er konnte sich bisher keinen Reim darauf machen. Sollte dieser Abdruck der Schlüssel bei der Suche nach dem Täter sein?

Plötzlich hatte es Meier sehr eilig. Schlüsselbund, Handy, das Graphit-Spray aus dem Flurschränkchen und eine kleine Lupe verschwanden in seinen Manteltaschen. Das Spray hatte ihm bereits in früheren Fällen – wenn auch inoffiziell - gute Dienste geleistet. Hoffentlich würde es ihn auch heute weiterbringen.

Die Fahrt von Meiers Wohnung im Zentrum von Partenkirchen zur Dienststelle nahm nur wenige Minuten in Anspruch. Es waren viel weniger Autos unterwegs als an Wochentagen, außerdem hatte der Wetterumschwung die Ausflügler vertrieben.

Die verwunderten Fragen seiner Kollegen, ob er kein Zuhause mehr hätte, ließ er unkommentiert. Er durchwühlte den Papierberg auf seinem Schreibtisch bis zur Haberkorn-Akte und blätterte darin, während er auf Anjas Arbeitsplatz zusteuerte. Das geöffnete Dossier legte er neben Anjas Monitor ab und zückte seine Lupe. Mit zehnfacher Vergrößerung betrachtete er hochkonzentriert die Miniaturgeige mit dem herzförmigen Korpus, Johann Baums angeblichen Beweis für seine so plötzlich entdeckte Liebe zu Anja. Die Geige wurde von einem quadratischen Sockel gehalten, ebenfalls aus dunklem Holz geschnitzt und fein lackiert. Die Sockeloberflächen wimmelten vermutlich von Fingerabdrücken, da nur dort das filigrane Schmuckstück gefahrlos berührt werden konnte. Also zog Meier das Spray aus der Manteltasche, entfernte das Pinselchen, das mit einem Gummi daran befestigt war, richtete das Spray auf besagte Stelle und drückte ab. Ein gleichmäßiger dunkelgrauer Schleier bedeckte nun die Oberfläche. Erst als Meier behutsam und geschickt mit dem Pinselchen zu Werke ging, hatte er Grund zum Jubeln: Neben einigen verwischten Bruchstücken kam ein nahezu perfekter, formschöner Fingerabdruck in Daumengröße zum Vorschein. Sofort zückte Meier sein Handy und drückte den Auslöser. Mit zwei Fingern zoomte er das Foto auf exakt die Größe des Abdrucks aus dem Dossier. Dann legte er das Papier auf den hell erleuchteten Handy-Bildschirm. Er war zwar kein ausgewiesener Experte in der Kunst der Daktyloskopie, aber für ihn gab es keinen Zweifel: Die Abdrücke waren identisch.

Ohne auch nur eine Sekunde zu verlieren, zog Meier sein Handy unter dem Blatt hervor und berührte einen Namen aus seiner Kontaktliste.

„Dasenberg."

Meier sparte sich eine Begrüßung. „Wenn ich richtig informiert bin, Herr Kollege, versehen Sie derzeit Ihren Dienst im UKM vor Melanie Haberkorns Zimmer?

„So ist es", war die Antwort.

„Dann öffnen Sie bitte die Tür und übergeben der Dame Ihr Telefon!"

Dasenberg holte hörbar Luft für eine überraschte Nachfrage, aber Meier ließ ihm keine Chance.

„Jetzt sofort!" Dieser Tonfall duldete keinen Widerspruch. Sekunden später vernahm er Melanie Haberkorns Stimme. „Ja? Hallo?"

„Grüß Gott, Frau Haberkorn, hier spricht Kriminalhauptkommissar Meier. Sehen Sie sich imstande, mir einige Fragen zu beantworten?"

„Natürlich, Herr Kommissar. Warten Sie kurz." Eine Bettdecke raschelte, dann verstummten Fernsehgeräusche im Hintergrund. „Womit kann ich Ihnen helfen?"

Die unbefangene Freundlichkeit der Haberkorn irritierte Meier. Vermutlich schöpfte sie gerade Hoffnung, nach dem Krankenhausaufenthalt nach Hause zu können. Nicht die schlechteste Motivation, seine Fragen in aller Ausführlichkeit zu beantworten.

„Ich gehe davon aus, dass Sie nach wie vor abstreiten, etwas mit dem Tod Ihrer Schwester Victoria zu tun zu haben?"

„Vollkommen richtig, Herr Kommissar."

„Ich ermittle derzeit in eine Richtung, die Sie möglicherweise entlasten könnte. Kann ich diesbezüglich auf Ihre Unterstützung zählen?"

„Selbstverständlich, Herr Kommissar."

„Sehr gut. Fangen wir also gleich an, Frau Haberkorn."

„Melanie, Herr Kommissar. Nennen Sie mich Melanie!"

Ganz offensichtlich hatte er einen Nerv getroffen. Seiner Verdächtigen schien sehr daran gelegen zu sein, ihm weiterzuhelfen. So viel Entgegenkommen hatte er nicht erwartet.

„Sagt Ihnen der Name Johann Baum etwas, Melanie?“

„Durchaus, ja. Johann Baum und Robert Schlegel waren zu Schulzeiten gut befreundet. Meines Wissens besuchten beide das Staffelsee-Gymnasium.“

„Damals hatten Sie aber noch keinen direkten Kontakt mit den beiden?“

„Stimmt, die beiden sind ja einige Jahre älter als ich. Und in den höheren Jahrgängen hat man für die Knirpse aus der Unterstufe keinen Blick übrig.“

„Ist Ihnen bekannt, Melanie, ob Johann Baum und Ihre Schwester Victoria früher etwas miteinander hatten?“

„Sie meinen, bevor Robert und Victoria ein Paar wurden?“

Meier brummte zustimmend.

„Keinesfalls!“

„Was macht Sie da so sicher, Melanie?“

„Wie schon erwähnt: Während der Schulzeit war der Altersabstand einfach zu groß. Nicht einmal Victoria hätte da eine Chance gehabt, wir waren ja noch Kinder in deren Augen. In späteren Jahren hat Victoria Johanns Namen nie erwähnt, und glauben Sie mir, sie hat mir jeden einzelnen ihrer Liebhaber und Gönner unter die Nase gerieben. Und Robert wurde für Victoria erst interessant, als er sich für mich interessierte. Wenn Johann Victorias Ex-Freund gewesen wäre, hätte

Robert ihn wohl kaum zu seinem Polterabend eingeladen."

Okay. Das klang leider plausibel. Die Theorie vom gehörnten Ex-Freund konnte Meier vergessen. Es musste einen anderen Beweggrund für Johann Baum gegeben haben, Victoria Haberkorn zu töten. Aber welchen?

Meier folgte jetzt einer Eingebung, die aber nicht besonders vielversprechend schien. „Gab es sonst Berührungspunkte im Leben zwischen Victoria und Johann?"

„Höchstens über Johanns jüngeren Bruder Ben."

„Wie meinen Sie das?"

„Ben soll Victoria angehimmelt haben."

„Und Victoria?"

„Hat Ben ausgelacht. So wie sie jeden Verehrer verspottet hat, der in ihren Augen nicht gut genug für sie war."

„Die beiden sind also nie zusammengekommen?"

„Nein, nie. Höchstens in Bens Träumen."

„Das vermuten Sie?"

„So hat es mir jedenfalls Johann Baum am Polterabend meiner Schwester erzählt. Lang und breit hat er sich über das Thema ausgelassen. Ich fand das ziemlich daneben. Ich hasse es, über meine Schwester zu reden.

Das kann ich bestätigen, dachte Meier. Nur nützte es ihm wenig. Vielleicht würde es helfen, Melanie geradewegs nach einem Motiv zu fragen. Was blieb ihm anderes übrig, als es zu versuchen?

„Fällt Ihnen ein Grund ein, warum Johann Baum Ihre Schwester umgebracht haben könnte?“

Am anderen Ende der Leitung blieb es still. Meier wartete geduldig.

„Sie halten Johann für den Mörder meiner Schwester?“

„Es ist nicht auszuschließen. Könnte er denn ein Motiv gehabt haben?“

„Leider kenne ich Johann zu wenig. Ich habe ihn am Polterabend zum ersten Mal bewusst wahrgenommen. Keine Ahnung, was er konkret gegen Victoria gehabt haben könnte. Die Einzelheiten aller Schandtaten meiner Schwester sind auch mir nicht bekannt. Tut mir leid, Herr Kommissar.“

„In Ordnung, Melanie. Sollte Ihnen doch noch etwas einfallen, lassen Sie es mich wissen!“

„Natürlich, Herr Kommissar.“

Meier legte auf.

Noch ehe er seine Gedanken ordnen konnte, vibrierte das Smartphone in seiner Hand. Meier erkannte Saskias Nummer sofort. *Ist denn die vereinbarte Stunde schon vorüber?*

Meier streifte den Ärmel seines Mantels zurück. Eine golden glänzende Casio kam zum Vorschein und bestätigte seine Befürchtung. *Ob Anja inzwischen aufgetaucht ist?*

„Ja, Frau Buntler", rief er voller Optimismus ins Telefon, doch Saskias hysterische Stimme zerstörte augenblicklich seine Hoffnungen.

„Anja ist nach wie vor verschollen. Wenn Sie nicht sofort etwas unternehmen, ziehe ich selbst mit ein paar Leuten los und suche nach ihr."

„Das lassen Sie schön bleiben, Frau Buntler! Ich kümmere mich darum. Haben Sie mich verstanden?"

„Sie müssen die Bergwacht einschalten! Jetzt, Herr Meier. Jetzt sofort! Haben Sie mal auf die Seite von diesem Johann Baum geguckt?"

„Was für eine Seite?"

„Na, seine Homepage Geigen-Baum.de!"

„Was ist damit?"

„Auf der Startseite geistert die ganze Zeit ein riesiger Basketball mit der Aufschrift *„Ruhe in Frieden!"*. Man kann sonst kaum etwas lesen, weil dauernd dieser bescheuerte Ball herumfliegt. Das ist doch nicht normal, oder?"

Meier nahm Witterung auf. „Stimmt", sagte er. „Das ist merkwürdig. Wissen Sie denn, wen Johann Baum damit meinen könnte?"

„Keine Ahnung."

„Anja Klein muss das doch gewusst haben. Hat sie Ihnen gegenüber nichts dergleichen erwähnt? Freundinnen reden doch über ihre Verehrer, Sie beide etwa nicht?"

„Warten Sie mal, Herr Kommissar."

„Wohin…, hallo? Frau Buntler!“ Meier konnte es nicht glauben. Was war denn jetzt bitte wichtiger, als die eben aufgetane Spur weiterzuverfolgen. Vielleicht schwebte Anja in Lebensgefahr! „Frau Buntler?“ Meiers Lautsprecher blieben stumm. „Was ist denn nun! Hallo?“

„Da bin ich wieder.“

„Na endlich, wo waren Sie denn?“

„Ich hab schnell auf Insta geschaut.“

„Wo?“

„Auf Instagram. Johann Baum hat dort den gleichen Spruch gepostet zusammen mit einem Foto.“

„Was zeigt es?“

„Einen Jungen im Rollstuhl mit einem Basketball in der Hand.“

„Kennen Sie ihn?“

„Nein, aber das Bild lässt mich an eine Geschichte vor ein paar Jahren denken.“

„Dann denken Sie nochmal genau nach!“

„Sekündchen, ich muss schnell was checken!“

Meier akzeptierte zähneknirschend, dass er bei Saskia nur in deren eigenem Tempo weiterkam. Er tigerte in seinem Büro auf und ab und wartete auf Saskias Rückmeldung.

„Commissario?“

„Ja, Frau Buntler?“

„Da hat sich doch vor drei oder vier Jahren mal so ein Jungspund samt seinem rollenden Vehikel vor einen ICE gestürzt. Die Nachricht ging im Ort rum wie ein Lauffeuer."

„Fällt Ihnen noch mehr dazu ein?"

„Ich krame ja schon in meinen Gehirnwindungen! Nur nicht hetzen!"

Meier trommelte mit den Fingern auf der Schreibtischplatte. Aber er übte sich in Geduld, bis Saskia endlich weitersprach.

„Ben hieß der Typ. Er hing im gleichen Rolli-Basketball-Verein ab wie der damalige Freund einer meiner Reiterinnen, die ihr Pferd bei uns untergestellt haben. *Der Idiot hat sich wegen mir umgebracht*, hat die damals geprahlt. Ich habe das allerdings für eine maßlose Übertreibung gehalten, die junge Dame war nicht gerade für ein Übermaß an Empathie bekannt."

„Dann sehen wir also Johann Baums jüngeren Bruder auf dem Foto", platzte Meier heraus. „Und bei der Reiterin kann es sich nur um Victoria Haberkorn handeln."

„Sind Sie hobbymäßig als Hellseher oder Magier unterwegs?"

Meier ignorierte die Frage. Schon als er den Namen Ben gehört hatte, war ihm der Zusammenhang klar geworden. Johann Baum machte Victoria Haberkorn für den Tod seines Bruders verantwortlich. Als deren Abschiedsbrief in seine Hände gefallen war, hatte er die Gelegenheit genutzt, um seinen Bruder zu rächen.

„Sie unternehmen vorerst gar nichts, Frau Buntler. Die Bergwacht wird Anja finden!“

33

Gibt es ein Leben nach dem Tod?

Über diese Frage hatte Anja schon oft nachgedacht, war aber zu keinem abschließenden Ergebnis gekommen. Die Idee, an einem Ort des immerwährenden Wohlbefindens weiter zu existieren, ließ sich nicht einfach mit dem Stempel „Abgelehnt wegen Mangels an Beweisen" aus dem Bewusstsein streichen. Und so hatte Anja insgeheim eine klare Vorstellung von dem Ort entwickelt, an dem ihre Mutter hoffentlich bereits weilte, und der auch auf sie selbst und alle anderen Menschen, die ihr nahestanden, wartete: Eine von zartem Blau durchdrungene Seenlandschaft, durchsetzt von zahllosen Inselchen, die, von fächerförmigen Palmenwedeln belüftet, Oasen vollkommener Zufriedenheit für ihre Bewohner darstellen. Wohlige Wärme - Licht im Überfluss. Alle Seelen existieren frei von Hunger und Durst, von Sorgen und Angst, von Kummer und Schmerz.

Gelassenheit, Zufriedenheit, Verständnis und Mitgefühl schaffen einen Ort des Glücks, den man nie mehr verlassen möchte und aus dem einen niemand jemals vertreiben kann.

Als Anja Klein allmählich ihr Bewusstsein wiedererlangte, dämmerte ihr, dass sie diesen Ort noch nicht erreicht haben konnte. Hier war es nicht warm und gemütlich – hier war es bitterkalt. Ihre Zähne schlugen aufeinander, ihre Finger kribbelten wie von tausend Nadelstichen. Sie lag auf dem Rücken, die Arme dicht am Körper, die Beine ausgestreckt. Beißender Schmerz pulsierte im rechten Knie. Die Intensität wechselte wellenförmig von kaum auszuhalten bis unerträglich. Während Anja grübelte, was passiert war, versuchte sie, ihre Augenlider zu heben. Es gelang. Doch statt tröstendem blauen Himmel und wärmenden hellen Sonnenstrahlen köchelte über ihr eine undurchsichtige Suppe grauen Nebels.

Oh mein Gott! Wie lange liege ich schon hier? Wie viel Zeit ist schon vergangen?

Nur ihr Handy konnte Antworten auf diese Fragen liefern, doch das steckte in ihrem Rucksack. Und wo war der abgeblieben? Auf ihrem Rücken jedenfalls nicht. *Ich muss ihn finden. Ohne Telefon bin ich verloren.*

Mit den Ellenbogen versuchte Anja, ihren geschundenen Körper aufzurichten. Ein kläglicher Versuch, der damit endete, dass sie vor Schmerzen keuchend liegenblieb. Ihre Ellenbogen brannten wie Feuer. Es dauerte ein paar Sekunden, bis sie sich ihrer misslichen Lage vollends bewusst wurde. Schleichend pirschte sich die Angst heran, dann biss sie zu. *Wenn ich keine Hilfe holen kann, werde ich hier draußen erfrieren.*

Sie dachte an ihre Mutter und den schönen Ort, zu dem sie ihr folgen würde. Warm, gemütlich, vollkommen sorgen- und schmerzfrei. Und sie dachte an Johann Baum, der möglicherweise auch schon dort angekommen war.

„Nein“, murmelte Anja. Ihre Zunge klebte am Gaumen. „Ich will noch nicht sterben!“

„Anja! Oh Anja! Du bist ja wach! Du wirst nicht sterben, hörst du? Du wirst leben!“

Aus weiter Ferne glaubte Anja eine Stimme zu hören. Sie wollte ihren Kopf anheben, doch das übernahmen zwei kräftige Hände für sie.

„Johann!“ Anjas Mund formte ein verkrampftes Lächeln. „Johann.“

Warme Lippen berührten ihre Wangen. Zweimal, dreimal, viermal. Sie ließ es geschehen. Mit jedem Kuss schrumpfte ihre Angst, bis sie ganz verschwunden war.

Sie hatte Johann retten wollen.

Nun rettete er sie.

„Ich dachte, ich hätte dich verloren“, flüsterte Anja.

„Ich war so ein Idiot.“ Johann wärmte ihr Gesicht mit den Händen. „Nie wieder lasse ich dich allein, Anja. Darauf kannst du dich verlassen.“

Eine passende Antwort fiel Anja nicht ein, aber so leicht würde sie Johann nicht verzeihen. Also blieb sie einfach liegen und starrte in den grauen Dunst über ihr.

„Wie geht's dir denn? Kannst du aufstehen?“

„Ich weiß nicht. Mein rechtes Knie tut schrecklich weh. Vielleicht klappt es mit deiner Hilfe.“

Behutsam kniete sich Johann hinter sie, stützte sie mit seinem Körper und Händen ab und schob sie vorsichtig nach oben. Tatsächlich erreichte ihr Oberkörper beinahe schmerzfrei die Senkrechte. Euphorisiert von diesem Teilerfolg nahm Anja sich vor, ganz auf die Beine zu kommen.

„Du hältst mich, ja?“

„Okay, mach ich!“

Anja winkelte ihr linkes Bein an und drückte die Unterseite des Skistiefels tief in den Schnee. Johann erhob sich, schob seine Arme unter Anjas Achseln und umfasste seine Handgelenke vor ihrer Brust.

„Auf drei, okay?“ Anja begann zu zählen. „Eins, zwei, drei!“

Johann zog sie langsam in die Höhe, während Anja gegen seinen kräftigen Oberkörper drückte.

„Autsch, mein Knie!“ Anja sank zurück.

„Was ist damit?“

„Keine Ahnung. Ich weiß nur, dass es höllisch weh tut.“

„Ich schau mir das mal an. Kannst du das Hosenbein zurückschieben?“

„Sollten wir nicht lieber Hilfe holen?"

„Beide Handys sind tot. Null Empfang."

„Du könntest abfahren und die Bergwacht verständigen."

„Das geht nicht."

„Wieso denn nicht?"

„Weil meine Ski weg sind und ich es bei dem Nebel vor Eintritt der Dunkelheit zu Fuß nicht mehr ins Tal schaffe."

„Was?" Ein Anflug von Panik erfasste Anja. „Du musst es trotzdem versuchen! Wir erfrieren sonst!"

„Auf keinen Fall lasse ich dich hier allein zurück."

„Deine neuen Vorsätze in allen Ehren, aber wir haben keine andere Chance! Du hättest sofort Hilfe holen müssen!"

„Ich habe dich doch eben erst gefunden!"

Anja spürte Misstrauen aufsteigen. „Du hast mich eben erst gefunden?"

„Ja. Es hat ewig gedauert, mich selbst freizuschaufeln."

„Und dann bist du auf gut Glück los, um mich zu suchen? Ohne zu wissen, ob ich dir überhaupt gefolgt bin?"

„Jain."

„Jain? Was soll das denn jetzt heißen?"

„Ich habe es vermutet und dann mein LVS auf „Suchen" umgeschaltet. Tatsächlich hatte ich gleich ein Signal, dem ich gefolgt bin. Zum Glück,

Anja. Sonst würdest du jetzt noch allein hier liegen und wärst in ein paar Stunden tot. Und jetzt hör bitte auf mit deinen Vorwürfen und lass mich dir helfen!“

Anja war nicht überzeugt. „Gib mir bitte mein Handy!“

Kommentarlos zog Johann das Telefon aus seiner Jackentasche und reichte es ihr. Sofort versuchte sie einen Notruf abzusetzen, aber es passierte nichts.

„Glaubst du mir jetzt?“

„Mir bleibt ja nichts anderes übrig!“

„Dann schieb endlich die Hose hoch!“

Anja gehorchte. *Ich muss froh sein, dass er da ist und mir hilft.*

Wenige Minuten später steckte Anjas Knie in einem provisorischen Verband. Der Schmerzhammer in ihrem Knie schlug jetzt wesentlich kleinere Wellen. Reglos lag sie auf Johanns Thermodecke, während dieser in Windeseile mit der Schaufel Schnee um sie herum aufschüttete. Als Dach verwendete er eine alubeschichtete Rettungsplane. Sie glänzte golden im Licht ihres Handys. Draußen herrschte längst finstere Nacht.

„Brotzeit“, rief Johann, und kramte in seinem Rucksack. „Magst du Tee? Er ist noch heiß.“

„Gerne.“ Anja trank und spürte sofort, wie das Getränk sie belebte. Inzwischen tischte Johann ein Festmahl auf. Brezeln, belegte Brote, Pfefferbeißer und gekochte Eier. Sogar an einen Salzstreuer hatte er gedacht.

„Et voilà", sagte er dann. „Lass es dir schmecken!"

Anja war beeindruckt. „Ich habe Bananen und Müsliriegel dabei." Sie zeigte auf ihren Rucksack.

„Perfekt", meinte Johann, und Anja teilte seine Ansicht. Statt des sicheren Kältetods stand ihr nun ein Erlebnis der besonderen Art bevor. Vielleicht die abenteuerlichste Nacht ihres bisherigen Lebens unter freiem Himmel an der Seite des Mannes, bei dem Licht und Schatten so nah beieinander lagen.

34

„Glaubst du, jemand sucht nach uns?“

Johann biss die Spitze eines gekochten Eis ab.

„Jetzt jedenfalls nicht mehr“, antwortete Anja.

„Ich meine, hast du jemandem erzählt, wohin du heute unterwegs warst?“

„Saskia weiß Bescheid. Bestimmt dreht sie gerade vor Angst durch, weil ich mich noch nicht bei ihr gemeldet habe. Warum fragst du?“

„Vielleicht alarmiert sie ja die Bergwacht.“

„Gut möglich, aber selbst dann können sie erst morgen bei Tageslicht nach uns suchen.“

Johann nickte, ließ etwas Salz auf das geköpfte Ei rieseln und stopfte es sich komplett in den Mund.

Was sollte die Frage? Warum interessiert ihn so brennend, ob jemand weiß, wo ich bin?

Obwohl sich Johann bisher rührend um sie gekümmert hatte, wurde sie das Gefühl nicht los, dass er etwas vor ihr verbarg. Dabei müsste sie ihm doch zutiefst dankbar sein und dürfte nicht länger daran zweifeln, dass er es ehrlich mit ihr meinte.

Doch so einfach war das nicht. Nach wie vor bestand die Möglichkeit, dass sie ihr improvisiertes Abendbrot mit einem Mörder teilte, fernab jeglicher Zivilisation und nicht in der Lage, sich selbst notfalls aus der Gefahrenzone zu bringen. Was würde ihr Vertrauen in Johann wiederherstellen? Ein klärendes Gespräch könnte helfen, aber wie sollte sie auf das heikle Thema zu sprechen kommen, ohne dass Johann wieder ausrastete? Vorsichtig pirschte sich Anja an:

„Johann?“

„Ja, Anja?“

„Ich war vorhin unfair. Ich hätte an deinen guten Absichten nicht zweifeln dürfen.“

„Nach der Show, die ich oben auf dem Berg abgezogen habe, wäre ich an deiner Stelle auch skeptisch. Ob es mir wohl jemals gelingen wird, dein Vertrauen zu gewinnen?“

Offensichtlich schätzte Johann ihr gemeinsames Problem richtig ein, ein vielversprechender Anfang.

„Spätestens dann, wenn Victoria Haberkorns Mörder gefunden ist“, antwortete Anja.

„Und nicht ich der üble Schurke bin.“

„Genau“, bestätigte sie. „Und nicht du der Übeltäter bist.“

Johann lachte schelmisch. Anja verzog keine Miene.

„Weißt du, Johann, warum ich so kritisch reagiere?“

„Bitte, erkläre es mir!“

„Ich bin ein gebranntes Kind.“

„Inwiefern?“

„Bei meinem ersten Mordfall im letzten Sommer habe ich den Fehler gemacht, einem Beteiligten zu schnell zu vertrauen. Diese Naivität hat mich beinahe das Leben gekostet.“

„Du glaubst doch nicht wirklich, ich könnte dir etwas antun?“ Johann, der gerade eine Wasserflasche zum Mund führen wollte, stellte diese hastig beiseite und rückte ganz nah an sie heran.

„Am Montag sind wir uns zum ersten Mal begegnet, Anja. Seitdem kreisen alle meine Gedanken nur um dich. Du hast mich verzaubert mit deinem kühlen Charme, hinter dem sich deine Verletzlichkeit versteckt. Klug, musikalisch, sportlich, mitfühlend und wunderschön. Welche Eigenschaft meiner Traumfrau hast du eigentlich nicht? Wie sollte ich auch nur einen Finger gegen dich erheben können?“

Johann griff nach ihrer Hand.

Klingt nicht überzeugend, viel zu dick aufgetragen, dachte Anja, die die so offen vorgebrachten Komplimente unwillkürlich mit unlauteren Hintergedanken verband. Liebend gerne wäre sie jetzt aufgestanden und hätte sich verabschiedet, aber diesen taktischen Rückzug verhinderten die Dunkelheit und ihr lädiertes Knie.

„Gib mir doch bitte eine Banane aus meinem Rucksack!“, verlangte sie stattdessen. Johann kam ihrem Wunsch widerwillig nach. Immerhin war es ihr mit diesem Ablenkungsmanöver gelungen, dass er nun wieder einen halben Meter von ihr entfernt saß.

„Hast du wenigstens noch andere Verdächtige außer mir in petto?“

Die Schärfe seines Tonfalls war überraschend und offenbarte Johanns immensen Frust. Dass sie mit keinem Wort auf seine Liebeserklärung eingegangen war, hatte ihn offensichtlich gekränkt. Anja überspielte ihre Befürchtungen und antwortete so gelassen, wie es ihr möglich war: „Zunächst hielt ich Robert Schlegel für den Täter, aber er hat ein wasserdichtes Alibi.“

„Robert? Nein, da täuscht du dich gewaltig! Der wäre zu so etwas Scheußlichem nicht fähig. Ich kenne ihn bald zwanzig Jahre. Robert ist ein Künstler, ein Tänzer, feinfühlig und charmant. Der kann niemandem etwas zu Leide tun. Absolut niemandem!“

„Durch Victorias Tod steigt er in die Liga der Reichen auf, ohne selbst etwas dafür geleistet zu haben. Und er hat bereits vom Tod seiner ersten Frau finanziell profitiert. Findest du das nicht auch einen merkwürdigen Zufall?“

„Bitte sprich nicht so über meinen ehemals besten Freund, okay! Veronikas Tod war ein tragischer Unfall. Robert hat damals gelitten wie ein Hund und ich mit ihm. Zwei volle Tage haben wir nach Veronika gesucht, bis wir schließlich einsahen, dass sie nicht überlebt haben konnte."

„Du warst dabei, als sie über Bord ging?"

„Nicht direkt. Ich schlief unter Deck, als ich von Roberts panischen Rufen aufwachte. Er hatte am Ruder gestanden, als er Veronikas Hilfeschrei vom hinteren Deck gehört hatte. Ich rannte sofort nach oben, aber sie war nirgends zu sehen. Das Heck war völlig leer. Die See war verdammt rau an dem Tag, der Wind pfiff ohne Unterlass, die Wellen schlugen heftig gegen die Bordwände. Man konnte kaum sein eigenes Wort verstehen, dennoch schrien wir wie zwei Bekloppte nach Veronika, als ob wir damit etwas hätten ausrichten können. Es war einfach nur entsetzlich. Wir wollten das Boot abrupt wenden, aber so ein Manöver hatten wir nicht eingeübt, schon gar nicht bei solch einem Wellengang. Es dauerte gefühlte Ewigkeiten, bis wir es geschafft hatten. Vermutlich war Veronika zu diesem Zeitpunkt längst ertrunken. Aber das wollte keiner von uns wahrhaben. Bis zur absoluten Erschöpfung haben wir weitergesucht und letztlich doch aufgeben müssen. Veronika blieb verschwunden. Niemand hat sie seitdem gesehen."

Johanns Schilderung klang überzeugend, dennoch machte es Anja nach wie vor misstrauisch, dass Robert Schlegel nur zwei Jahre später erneut durch so dramatische Umstände zum Witwer geworden war. Betont beiläufig fragte sie: „Wart ihr nur zu dritt unterwegs?"

„Eigentlich sollte meine damalige Freundin zu unserer Gruppe gehören, aber wir haben uns kurz vor der Reise getrennt. Veronika war dafür alles abzublasen, aber Robert wollte nicht auf den Reisekosten sitzenbleiben, wir hatten ja eine ganze Menge Geld in die Flüge und das Boot investiert. Gescheiter wär´s gewesen, wir hätten auf sie gehört."

Dann würde sie noch leben, dachte Anja.

„Und sonst gibt es keine Verdächtigen?" Erneut dieser herausfordernde Ton. Was bezweckte Johann mit seinen Provokationen? Hatte sie ihm nicht am Abend zuvor schon alles Wissenswerte über den Fall berichtet?

Anja hielt sich bedeckt. „Die Ermittlungen stehen erst am Anfang. Es gibt leider noch keine konkreten Hinweise."

„Wenn du mich fragst, halt dich an die Schwester!"

„Weil sie den Abschiedsbrief verfasst und Victoria gezwungen hat zu unterschreiben?"

„Genau! Und weil Melanie genauso unter Victoria zu leiden hatte wie mein Bruder. Ich habe am Polterabend nicht lange mit ihr reden können, aber das habe ich sofort herausgehört: Melanie hasste ihre Schwester aus tiefstem Herzen."

Was bezweckte Johann mit seinen Anschuldigungen? Wollte er sie auf die richtige Fährte bringen oder vielleicht doch nur von sich ablenken? Ihr Knie pochte wieder stärker, dazu gesellten sich stechende Kopfschmerzen. Sie war zu erschöpft, um weiter nachdenken zu können.

„Hilfst du mir, mein Bein hochzulegen?"

„Natürlich." Johann schob seinen Rucksack unter ihre Wade.

Ihr geschundener Körper verlangte nach Wärme, die Temperatur sank stetig. Auch wenn sie lieber mehr Raum zwischen sich und Johann gelassen hätte, musste sie ihre Bedenken vorläufig zur Seite schieben. Es galt erst einmal die Nacht unbeschadet zu überstehen.

„Mir ist furchtbar kalt, Johann. Würdest du dich zu mir legen?"

Johann zog einen Biwaksack hervor. „Kriech rein!", sagte er knapp und half ihr hineinzuschlüpfen.

„Und du?"

„Ich habe noch eine Rettungsdecke."

Ohne weitere Worte zu verlieren, löschte Johann das Handylicht. Sofort wurde es stockfinster.

Sein Körper glitt neben den ihren. Es knisterte unangenehm, als er die Decke über sich ausbreitete.

„Schlaf gut, Anja."

Plötzlich herrschte betretenes Schweigen.

35

Eine Suchaktion? Heute Abend noch? Bei diesem Wetter? Keine Chance, Herr Kriminalhauptkommissar!

Die Worte des Einsatzleiters der Bergwacht waren wie eine schallende Ohrfeige für ihn gewesen. Die ganze Nacht hatte Wolfgang Meier kein Auge zu bekommen, geplagt von der Sorge um seine junge Kollegin.

Ihre Freundin, Saskia Buntler, war mit den Nerven völlig am Ende. Daran ließ die Flut von Kurznachrichten, die bis zum Morgengrauen bei ihm eintraf, keinen Zweifel. Anfangs hatte Meier noch versucht, sie zu beruhigen, hatte es aber aufgegeben, als die SMS immer anklagender und aggressiver wurden.

„Wenn du dich auf die Polizei verlässt, bist du verlassen“, waren die letzten Zeilen von ihr. Der Spruch hatte ihn getroffen. Er ärgerte sich über die unfaire Verallgemeinerung, doch konnte er es ihr ver-

übeln? Schließlich hatte er tatsächlich viel zu lange gezögert, die Bergwacht zu informieren.

Wie hatte er nur seelenruhig Fingerabdrücke überprüfen und nach fadenscheinigen Motiven forschen können, statt sofort zu reagieren? Schließlich lag hier nicht irgendein routinemäßiger Vermisstenfall vor; es ging um die Frau, die ihn erst kürzlich aus seiner Lethargie gerissen und ins Leben zurückgeholt hatte und die ihm zu einem Wiedersehen mit seinen beiden Töchtern verholfen hatte.

Wenigstens hatte sich der Einsatzleiter der Bergwacht mit Meiers Vorschlag einverstanden erklärt, die Suche am nächsten Morgen so früh wie möglich zu starten, sobald die Wetterbedingungen einen Sichtflug zuließen. Außerdem hatte sich Meier einen Sitzplatz im Helikopter gesichert. Für den Fall, dass Johann Baum versuchen würde, sich der Festnahme durch Flucht zu entziehen, hatte Meier ein paar kugelrunde Überraschungen für ihn im Gepäck. Den Erfolg der Rettungsaktion würde dieser Mann jedenfalls nicht gefährden.

So war Wolfgang Meier an diesem Sonntagmorgen völlig übermüdet in den Hubschrauber der Bergwacht geklettert. Mit Argusaugen suchte er die schneeweißen Berge und Täler zu seinen Füßen ab.

„Sie trägt eine hellblaue Skijacke", hatte Saskia Buntler ihm mit auf den Weg gegeben. Ob ein winziger Farbklecks gegen so viel blendendes

Weiß bestehen konnte? Die Schneewüste unter ihnen präsentierte sich soweit das Auge reichte unberührt.

36

Der Platz neben ihr war leer, als Anja Klein erwachte. Diffuses Licht drang durch die Öffnung, durch die Johann offensichtlich ihr Notquartier verlassen hatte. Erstaunlich, dass er sich so unbemerkt hatte davonschleichen können, ihrem Gefühl nach hatte sie in dieser Nacht kein Auge zugetan.

Trotz Biwaksack und wärmereflektierender Schutzdecken hatte Anja erbärmlich gefroren. Auch als Johann sich auf ihren Wunsch eng an sie gekuschelt hatte, war der wärmende Effekt schnell wieder verpufft. Um längerfristig gegenseitig von der Körperwärme des anderen zu profitieren, hätten sie beide ohne Skikleidung in dem Biwaksack liegen müssen. Diese Idee hatte Anja aber sofort verworfen. So viel Intimität mit einem Mann, dessen Unschuld sie immer noch anzweifelte, kam nicht in Frage.

Als Johann endlich eingeschlafen war, hatte Anja versucht mittels progressiver Muskelentspannung das unkontrollierte Zittern und Zähneklappern zu unterbinden. Zeitweise hatte diese Technik so gut funktioniert, dass sich sogar das Pochen in ihrem Knie dämpfen ließ.

Doch jetzt am Morgen nach dem Aufwachen überwältigten sie die Kälte und die Schmerzen von neuem. Jeder einzelne Muskel war verkrampft, selbst das Atmen schmerzte in der kalten Luft. Ein versierter Foltermeister schien Nägel in ihr Knie einhämmern zu wollen. Anja umarmte sich selbst und versuchte, durch Reibung Wärme zu erzeugen. Dabei schweifte ihr Blick durch die Schneebehausung, die Johann gestern Abend in Windeseile errichtet hatte. Als Outdoor-Profi verstand er sein Handwerk, selbst das provisorische Dach hatte gehalten. Nur ihr Handy lehnte nicht mehr an ihrem Rucksack.

Ob Johann es mit nach draußen genommen hat, um den Empfang zu prüfen?

Anja versuchte, sich zu der Öffnung zu schieben, als sie plötzlich Johanns Stimme vernahm. Etwas entfernt zwar, aber doch nah genug, um den einen oder anderen Wortfetzen zu ergattern. Mitten in der Bewegung hielt Anja inne. Kein Zweifel: Johann telefonierte!

Wenn sein Handy tatsächlich funktionierte, würden sie in Kürze gerettet werden. Allein dieser Gedanke ließ alle Schmerzen in den Hintergrund treten. Mit neuen Kräften schob sie ihren Kopf dem Licht entgegen.

„Ja, okay", hörte sie ihn sagen.

Ihre Vorfreude war grenzenlos. Als Einheimischer konnte Johann die Stelle, an der sie beide festsaßen, exakt beschreiben. Die Bergwacht konnte ihren Heli zielgerichtet zu ihnen schicken. Es würde keine Stunde mehr vergehen, bis sie sich endlich würde aufwärmen können.

„Kein Problem. Wird sofort erledigt."

Anja stutzte.

Was sollen wir denn erledigen, außer auf den Rettungstrupp zu warten?

Angestrengt lauschte sie weiter. Sogar das Zittern ihres Körpers hatte aufgehört. Anja fragte sich, ob Johann gar nicht mit der Bergwacht Kontakt aufgenommen hatte.

„Ja, natürlich", bestätigte er. Alles weitere verschluckte das Knistern der Thermodecke. Dabei hatte sie doch nur ihr Bein bewegt, um eine bequemere Stellung zu finden.

Mist!

Anja hielt die Luft an und vermied krampfhaft jedes Geräusch.

„…darauf verlassen."

Worauf denn verlassen?

Sie wurde nicht schlau aus den Satzfragmenten.

Was macht er denn nur! Er muss doch nur unsere Position beschreiben!

„Ich verstehe."

Johann schien irgendwelche Anweisungen zu bekommen. Nur von wem?

„Okay."

Die folgenden Worte waren unverständlich. Entweder sprach Johann nun leiser oder er hatte sich abgewandt. Dann wieder ein paar Wortfetzen.

„…jetzt sofort!"

Er telefoniert nicht mit der Bergwacht.

„Auf jeden Fall. Mach ich!"

Was verlangte der andere nur von ihm? Muss ich mir Sorgen machen?

„…muss da weg", hörte sie dann.

Seltsam. Wer oder was muss weg? Der meint doch nicht mich?

Der nächste Satz dröhnte lauter in ihren Ohren, als ihr lieb sein konnte. Sie hatte keinen Sichtkontakt zu ihm, aber Johann musste sich jetzt in ihrer unmittelbaren Nähe aufhalten.

„Verstanden. Ich leg sie um! Ja, jetzt sofort!"

Anjas Verwirrung verwandelte sich in Panik.

Hektisch versuchte sie, weit weg von der Öffnung zu gelangen. Dabei brauchte Johann nur die Folie über ihr abzunehmen, und sie war ihm schutzlos ausgeliefert. Fieberhaft ordnete sie ihre Gedanken. Welche Möglichkeiten blieben ihr denn?

Verstecken? Abhauen? - Keine Chance.

Schreien? - Vielleicht als letzter verzweifelter Versuch.

Mit Worten überzeugen? - Eventuell.

Die Erfolgsaussichten waren gering, aber immerhin konnte sie so möglicherweise Zeit schinden. Nur wie sollte sie argumentieren? Was würde Johann zum Reden bringen?

Ob es helfen würde, an seine Vernunft zu appellieren? Sie könnte ihn anflehen, ihr seine Beweggründe zu erklären.

Oder sollte sie doch besser das Thema Liebe anschneiden? Die ganze Woche hatte er ihr den Eindruck vermittelt, dass er sie mochte. Das war doch nicht alles nur gespielt! Sie könnte das Bild einer gemeinsamen, glücklichen Zukunft vor seinen Augen entstehen lassen.

Aber wie sollte sie beginnen? Vielleicht, indem sie sich bedankte für die herzförmige Miniaturgeige? Das schien ihr ein guter Einstieg zu sein. Der Gedanke daran könnte ihn von seinem grausigen Vorhaben ablenken.

Okay, Anja. Du hast einen Plan. Jetzt liegt es an dir!

Sie dachte wehmütig an ihre Pistole, die sie entgegen ihres Versprechens zu Hause hatte liegen lassen. Wie beruhigend es wäre, sie jetzt in ihrem Holster unter der Jacke zu wissen.

Ein letztes Mal suchte sie die Schneehütte nach ihrem Handy ab - ohne Erfolg.

Dann steckte Johann seinen Kopf durch die Öffnung.

„Anja?“

Anjas Herzschlag setzte aus. Sie zwang sich zu einem Lächeln. „Ich habe mich noch gar nicht bedankt für…"

Weiter kam sie nicht.

Das ohrenbetäubende Getöse eines Hubschraubers war plötzlich allgegenwärtig. Die goldfarbene Abdeckung der Schneehütte wurde weggerissen, ebenso große Teile der Seitenwände. Johann Baum kam auf allen Vieren auf sie zu gekrochen. Wohl kaum, um sie vor dem orkanartigen Wind zu beschützen, den der Helikopter erzeugte.

Ein Megafon brüllte los.

Anja erkannte die Stimme sofort.

Es war Meier, der da schrie.

„Entfernen Sie sich von Frau Klein, Herr Baum! Mindestens zwanzig Meter. Dann legen Sie sich auf den Bauch und verschränken die Arme im Nacken!"

37

Anja lag von Gurten stabilisiert auf einer Trage und starrte an die Decke des Hubschraubers. Ihr Gesicht war noch immer kreidebleich - der Schrecken steckte ihr tief in den Gliedern. Ihr gegenüber gab Meier über sein Headset irgendjemandem hektisch Anweisungen, aber die starken Schmerzmittel in Anjas Venen bremsten ihre Neugier aus, die Worte rauschten ohne Sinn an ihr vorbei.

Meiers linkes Handgelenk umschlang eine Handschelle, das Gegenstück fixierte Johann Baums rechtes Handgelenk. Ihr „neuer Freund" – so hatte sie ihn Saskia gegenüber voller Stolz bezeichnet – hatte sich widerstandslos festnehmen lassen. Meier hatte entschlossen vollen Körpereinsatz gezeigt, um den zur Salzsäule erstarrten Verdächtigen aus Anjas Reichweite zu bugsieren, als wüsste er von Johanns finsteren Absichten. Kurz hatte Anja überlegt woher, die Frage trieb aber mit der einsetzenden Müdigkeit und der wohltuenden Wärme aus ihren Gedanken. Sie war der tödlichen Gefahr entkommen, nur das zählte. Einen Freund hatte sie verloren - aber nicht das Leben.

Aus den Augenwinkeln bemerkte sie, wie sich Johann langsam zu ihr herunterbeugte. Meier sprach hochkonzentriert in sein Mikro. Entweder maß er Johanns Bewegung keine Bedeutung bei oder sie war seiner Aufmerksamkeit entgangen. Anja spürte bereits Johanns Atem und sie drehte den Kopf zur anderen Seite. Trotz des immensen Lärms im Inneren des Hubschraubers, verstand sie Johann klar und deutlich.

„Anja, ich verstehe das nicht. Was ist denn auf einmal los? Warum werde ich behandelt wie ein Schwerverbrecher? Ich habe dein Leben gerettet. Schon vergessen? Wieso klärst du den Typen hier nicht auf, was wirklich passiert ist?"

Anja starrte weiter die Seitenwand an und erwiderte nichts. Zu tief saß der Schock, zu groß war die Enttäuschung, um ernsthaft über Sinn oder Unsinn der Festnahme zu diskutieren. Meier war entweder noch immer abgelenkt oder er belauschte Johanns Monolog, denn er ließ ihn ungestört fortfahren.

„Okay, ich bin wütend den Hang runtergefahren und habe dich im Stich gelassen. Aber mir gefolgt und gestürzt bist du ganz allein. Ich habe nach dir gesucht, dich gefunden, und dir geholfen, die Nacht zu überleben. Anstatt dankbar zu sein, hast du mich spüren lassen, wie wenig Vertrauen du zu mir hast. Was ich sogar nachvollziehen kann. Als Polizistin musstest du wohl so handeln. Aber ich verstehe nicht, warum du jetzt schweigst und diesen Typen hier gewähren lässt. Ich dachte, wir sind ein Paar, Anja!"

Anja kochte vor unterdrückter Wut, die alle Schmerz- und Beruhigungsmittel außer Kraft setzte. Was bildete sich dieser Mensch nur ein? Glaubte er ernsthaft, er könne sie nochmals einwickeln mit seiner gespielten Gefühlsduselei?

„Komm schon, Anja! Sag was! Ich liebe dich doch!"

„Du liebst mich?", zischte Anja. „Das soll wohl ein Witz sein! Umbringen wolltest du mich!"

„Dich umbringen? Anja, bist du von allen guten Geistern verlassen, was redest du denn da?"

„Jetzt tu bitte nicht so scheinheilig, Johann! Du weißt genau, was ich meine."

„Ich verstehe nur Bahnhof!"

„Ach ja, stimmt. Jetzt fällt mir der genaue Wortlaut wieder ein." Der Sarkasmus in ihrer Stimme war nicht zu überhören. „Du wolltest mich gar nicht umbringen. ‚UMLEGEN' hast du es genannt. Sorry, wenn mir dein Verbrechervokabular nicht ganz so geläufig ist!"

„Das hast du völlig falsch verstanden", beteuerte Johann.

„Ich glaube dir kein Wort!"

„Bitte lass es mich dir erklären." Johanns freie Hand strich sanft über ihren Handrücken. Abwehrend zog sie ihre Hand zurück, aber sie wollte doch wissen, welche Lügengeschichte er sich inzwischen zurechtgelegt hatte. „Auf diese Erklärung bin ich gespannt."

„Ich bin heute Morgen aus unserem improvisierten Iglu geklettert und habe mit Freude festgestellt, dass mit dem klareren Wetter wieder eine, wenn auch schwache, Handyverbindung existierte." Seine Miene hätte nicht unschuldiger sein können. „Ich habe sofort Max Riedhammer angerufen, einen Freund, der bei der Bergwacht arbeitet. Seine Nummer kam mir als erstes in den Sinn, weil ich weiß, dass er zu jeder Tages- und Nachtzeit erreichbar ist. Ich habe ihm die Lage geschildert, und er hat mir gesagt, was ich tun soll, bis der Hubschrauber eintrifft."

Anja schöpfte Hoffnung. Johanns Worte klangen aufrichtig in ihren Ohren.

„Max meinte, es würde die Bergung beschleunigen, wenn du schon transportfertig wärst. Also sollte ich deine Sachen packen und dich aus dem Iglu holen. Genau das habe ich ihm auch versprochen. Dass ich dich inzwischen umlege: also raus aus dem Schneehaufen, mitten ins freie Gelände. Ich habe allerdings nicht damit gerechnet, dass dein Kollege schon vorher die Bergwacht aufscheuchen und einen relativ einfachen Krankentransport in den filmreifen Showdown eines modernen Bergdramas verwandeln würde!“

Anjas Augen weiteten sich. Eine so simple Erklärung hatte sie nicht erwartet. Wider Willen musste sie lachen.

„Und wie erklären Sie Ihre Fingerabdrücke auf Victoria Haberkorns Abschiedsbrief, Herr Baum?“ Meier streifte sein Headset ab. Wie Anja vermutet hatte, hatte er absichtlich nicht in ihre Auseinandersetzung eingegriffen.

„Entschuldigen Sie bitte meine Leichtfertigkeit.“ Johann klang gereizt. „Ab sofort trage ich bei Polterabenden immer Handschuhe. Man weiß ja nie, ob nicht irgendwelche Dokumente rumliegen, deren bloße Berührung die Polizei glauben lässt, einen Mörder überführt zu haben.“

„So ist das nun mal mit Fingerabdrücken, Herr Baum“, entgegnete Meier ungerührt. „Was die Handschuhe angeht, die werden Sie länger nicht brauchen. Dort, wo Sie die nächsten Jahre verbringen werden, finden Polterabende höchstens in Ihrer Fantasie statt.“

38

Anja fühlte sich wie als Jugendliche nach der Rückkehr aus dem Abenteuer-Feriencamp: übermüdet, überwältigt von anspruchsvollen, aber erfolgreich überstandenen Expeditionen, körperlich vollkommen ausgepowert, noch unfähig, alle neuen Eindrücke und Erlebnisse zu einem schlüssigen Gesamtbild zusammenzufügen. Aber diesmal wurde sie nicht halb schlafend, den Kopf an Saskias Schulter gelehnt, im klapprigen Volvo von Saskias Vater nach Hause kutschiert, sondern der Rettungshubschrauber der Bergwacht setzte sie auf dem Dach des Unfallkrankenhauses Murnau ab, von wo aus sie zügig in die Notaufnahme gerollt wurde. Meier und Johann stiegen nach der Landung in das zivile Dienstfahrzeug der Polizeiinspektion.

Seit Meiers Drohung mit dem Gefängnis hatte Johann kein einziges Wort mehr gesprochen. Lediglich einen Blick hatte er Anja zum Abschied zugeworfen und ihr zugenickt, und sie hatte es ihm gleichgetan. Nach wie vor war sie skeptisch, was Johanns Glaubwürdigkeit betraf. Ob sich das jemals ändern würde?

Im UKM bekam Anja die Versorgung, nach der sie sich in der Kälte der letzten Nacht so sehr gesehnt hatte: warme Speisen und Getränke, dicke Bettdecken und Wärmflaschen sowie kompetente medizinische Betreuung. Nach der Diagnose Kreuzbandriss verpasste man ihr eine Kunststoffschiene und rüstete sie mit Gehhilfen aus. Da ihr Allgemeinzustand erfreulich stabil war, erhielt Anja die Erlaubnis, das Krankenhaus bereits am Nachmittag wieder zu verlassen.

Gestützt auf zwei blaue Krücken und mit einer Krankmeldung im Rucksack stand sie nun im Eingangsbereich der Klinik. Jetzt erst nahm sie wahr, dass etwas in ihrer linken Jackentasche gegen ihren Oberschenkel drückte. Anja lehnte sich gegen die Wand, die Gehhilfen neben sich, öffnete den Reißverschluss und förderte ihr Handy zutage. Im Stillen gestand sie sich ein, dass sie Johann auch in diesem Punkt zu Unrecht verdächtigt hatte. Er hatte es nicht an sich genommen, um sie daran zu hindern, Hilfe zu holen, sondern er hatte tatsächlich nur den Empfang überprüft und das Handy wieder in ihre Jackentasche gesteckt, während sie noch geschlafen hatte. Dabei hatte er es wohl ausgeschaltet, um den Akku zu schonen.

Anja aktivierte ihr Handy und fing gerade an, sich durch die Flut der eingegangenen Nachrichten zu scrollen, als Saskia anrief.

Sie nahm ab.

„Saskia, Liebes. Hallo!"

„Gott sei Dank, Süße! Endlich erreiche ich dich! Ich bin so froh. Wie geht's dir denn? Hast du gesehen, wie oft ich dich angerufen und wie viele Nachrichten ich dir geschickt hab´? Wieso hast du nicht reagiert? Kannst du dir vorstellen, wie ich gelitten hab´?"

Anja kam nicht dazu zu antworten.

„Wie ein verdammtes Schwein auf der Schlachtbank. Zum Glück hat mich dein Chef erlöst und mir erzählt, was passiert ist. Nun sag doch was! Wo bist du?"

„Im UKM. Kannst du mich abholen?"

„Schon unterwegs."

„Wie lange wirst du brauchen?", wollte Anja noch wissen, aber Saskia hatte bereits aufgelegt. Bestimmt arbeitete sie noch auf dem Reiterhof und es würde etwas dauern, bis sie hier wäre.

Anja beschloss, die Zeit zu nutzen, um nach Melanie Haberkorn zu sehen. Wenn Melanie ihr noch einmal den Hausschlüssel anvertrauen würde, könnte sie endlich herausfinden, was sie an den Bildern unter Melanies Bett so irritiert hatte. Als sie das erste Mal nach möglichen Beweisen für Melanies Unschuld gesucht hatte, hatte sie von einigen der Aufnahmen Handyfotos gemacht, aber vielleicht nicht von den entscheidenden. Noch am Freitagabend hatte sie mit Saskia erfolglos versucht, ihr Bauchgefühl in Fakten zu verwandeln. Bestimmt verbarg sich der wichtigste Hinweis auf einer der Aufnahmen im unteren Teil des Stapels.

Anja nahm den Aufzug und humpelte – noch unsicher mit Knieschiene und Krücken – Melanie Haberkorns Zimmer entgegen. Der Wachmann war anscheinend abgezogen worden, der Gang menschenleer, das Zimmer zu ihrer Überraschung ausgeräumt. Eine Nachfrage am Stationszimmer lieferte die Erklärung. Melanie war bereits am Morgen nach Hause entlassen worden.

Fluchtgefahr bestand aus Meiers Sicht demnach offensichtlich nicht mehr oder er hatte einen anderen Verdächtigen im Visier. *Johann Baum*, dachte Anja. Hatte Saskia ihn auf diese Spur gebracht und er sich Johanns Fingerabdrücke beschafft? Vielleicht von der Miniatur auf ihrem Schreibtisch?

Zurück im Eingangsbereich behielt Anja die Automatiktür im Auge. Bestimmt würde Saskia einige ihrer Fragen beantworten können. Immerhin hatte sie mehrfach mit Meier in Kontakt gestanden. Als sich die Tür öffnete, brachte Saskias Lieblingskombination in Lila und Pink sofort eine fröhliche Note in die gedämpften Töne des Foyers.

39

Als Saskia ihre totgeglaubte Freundin lächelnd in der Sitzgruppe des Eingangsbereichs entdeckte, brach sie in Tränen aus. Auch während der Heimfahrt kullerten ihr immer wieder Tränen über die Wangen, begleitet von hysterischen Lachanfällen. In Kindertagen war Saskia oft verspottet worden, weil man in ihrem Gesicht lesen konnte wie in einem offenen Buch.

Anjas Gefühlslage blieb wie immer hinter ihrer äußerlichen Gelassenheit verborgen. Sie hatte schon früh gelernt, dass ihr Vater mit heftigen Emotionen nicht umgehen konnte, und sich ihm zuliebe um Beherrschung bemüht. Und jetzt, in ihrem Beruf als Kriminalkommissarin, kam ihr diese Distanziertheit entgegen. Sachlich berichtete sie Saskia von ihrem Höllentrip und ließ dabei durchblicken, dass sie nicht hundertprozentig von Johann Baums Schuld überzeugt war.

Für Saskia lagen die Fakten klar auf der Hand: Das Motiv war Rache, die Fingerabdrücke waren der Beweis. Zum Glück sah Meier das genauso, weshalb er den Kerl erst mal aus dem Verkehr gezogen hatte. Aber dem Kommissar hatte ja auch keine Liebestollheit den Blick für die Realität vernebelt.

Zuhause angekommen half Saskia Anja die Treppen hoch zu ihrer Couch, stellte Plätzchen und Milch auf den Couchtisch und verließ die Wohnung mit der ernsthaften Ermahnung, sich in den nächsten Stunden nicht von der Stelle zu rühren und sich erst einmal auszuruhen. Auch Saskia wollte auf ihrem Sofa die verpasste Nachtruhe nachholen und ihren Gefühlshaushalt wieder in Ordnung bringen. Jetzt, da das Schlimmste überstanden war, machte sich Erschöpfung in ihr breit. Doch viel Erholung war ihr nicht gegönnt, ganz im Gegenteil. Sie war gerade erst eingeschlafen, als es läutete.

Auf dem Weg zur Wohnungstür stoppte Saskia kurz im Bad, um sich mit einem Schwall kalten Wassers die Müdigkeit aus den Augen zu vertreiben. Nichtsahnend öffnete sie.

Im Treppenhaus, einen Meter von der Eingangstür entfernt, stand ein großer Mann mit wirrem Lockenkopf. Saskia verstand die Welt nicht mehr. Wieso saß der nicht längst hinter Gittern? Sie wollte die Tür wieder zuschlagen, als Johann Baum Worte fand, die sie zögern ließen.

„Entschuldige bitte die Störung, Saskia. Ich wollte eigentlich zu Anja, aber sie ist nicht da. An der Tür hing dieser Zettel, aber aus dem werde ich nicht schlau. Weißt du, wo sie sein könnte?"

„Gib mal her."

Johann reichte ihr das Post-it.

„Ich muss mir die Bilder unter dem Bett nochmal ansehen", stand dort geschrieben. Saskia wusste sofort, was Anjas Nachricht zu bedeuten hatte, doch das würde sie Johann sicher nicht auf die Nase binden. Nicht, bevor er ihr einiges erklärt hatte.

„Ich dachte, du schmorst im Knast?"

„Die wollten mich dort nicht."

Saskia rollte die Augen. „Und jetzt mal im Ernst. Bist du abgehauen?"

„Nein. Der Meier hat mich gehen lassen."

„Wieso das denn?"

„Weil ich ihn überzeugen konnte, dass ich nicht der Mörder bin."

„Und die Fingerabdrücke?"

„Bist du jetzt auch Polizistin?"

„Gott bewahre! Aber ich werde dich nicht zu Anja lassen, solange es dir nicht gelingt, mich von deiner Unschuld zu überzeugen."

„Wie viel weißt du von dem Fall?"

„Alles, was Anja weiß."

„Okay, das macht es leichter." Johann holte tief Luft. „Pass auf! Während des Polterabends war ich mit Franzi in Melanies Zimmer."

Saskia nickte.

„Sie schrieb mir ihre Nummer auf einen Haftzettel. Mit einem Kuli."

„Erzähl mir was Neues, Johann!"

„Die Rückseite des Abschiedsbriefes muss unter dem Zettel gelegen haben."

„Weil einige Nummern durchgedrückt sind, das weiß ich doch alles!"

„Beim Abziehen des Zettels habe ich meine Fingerabdrücke auf eben dieser Rückseite hinterlassen."

„Und weiter?"

„Dann haben wir die Bilderrahmen wieder unter Melanies Bett geschoben und sind gemeinsam raus aus dem Zimmer zurück zu den anderen im Flur. Kurz danach bin ich gegangen."

„Das sagst du."

„Franzi hat es bestätigt. Gerade eben. Auf der Wache."

„Und daraufhin hat dich Meier freigelassen?"

„Genau!"

„Und dein Motiv?"

„Was für ein Motiv?"

„Victoria hat deinen Bruder Ben in den Tod getrieben."

„Das ist drei Jahre her."

„Du hast erst kürzlich aus seinem Tagebuch davon erfahren!"

„Das stimmt. Ich war auch stinksauer auf diese Victoria Haberkorn. Aber ein Mord? Wem hätte das genützt? Meinem Ego? Meinem Bruder? Nein! Ich hätte nur meinen Eltern noch mehr unerträglichen Schmerz zugefügt!"

„Wer war es dann?"

„Da fällt mir nur eine Person ein."

„Und die wäre?"

„Melanie Haberkorn."

„Was macht dich so sicher?"

„Melanie hat wie ein getretener Hund unter Victorias Tyrannei gelitten. Zumindest hat sie das mir gegenüber so geschildert. Robert hat dann das Fass zum Überlaufen gebracht, als er sie verließ und sich stattdessen für Victoria entschied. Die Wut auf ihre Schwester potenzierte sich; sehr nachvollziehbar, würde ich sagen. Schließlich erpresste sie die Unterschrift auf dem fingierten Abschiedsbrief, und als die Drohung nicht fruchtete, ließ sie Taten folgen. Meiner Meinung nach kann es nur Melanie gewesen sein!"

Saskia nickte gedankenversunken. Johanns Einlassungen passten gut zu Anjas Überlegungen, die sie an seiner Schuld zweifeln ließen. War der Hass der ihr Leben lang gedemütigten Schwester so übermächtig geworden, dass sie Mordfantasien in die Tat umsetzte? Ob es wirklich so einfach war?

„Wo steckt denn nun Anja? Ich möchte so gern mit ihr reden."

„In Froschhausen, am Riegsee bei Melanie Haberkorn."

„Was? Wirklich? Ich muss sofort dahin!" Johann rannte die Treppe hinab, drei Stufen auf einmal nehmend.

„Warte, Johann, ich komme mit!"

„Okay, beeil dich!"

Der Motor lief schon, als Saskia mit offenen Schnürsenkeln und der Jacke in der Hand das Auto erreichte. Fred, Johanns Köllner Kumpel, saß am Steuer, Johann daneben.

„Fred, was machst du denn hier?", rief Saskia überrascht.

„Er hat mich hergefahren", beantwortete Johann die Frage.

„Ich muss dir noch etwas sagen", kündigte Fred an. Dabei warf er Saskia einen kurzen schelmischen Blick im Rückspiegel zu.

„Aber nicht jetzt!", mischte sich Johann ein. „Jetzt retten wir erst einmal Anja! Nun fahr schon los, Fred!"

Fred gab Gas.

„Wieso denn retten?", wollte Saskia wissen.

„Hat Anja dir nicht erzählt, dass Melanie aus dem Krankenhaus entlassen wurde? Sie hat Waffen im Haus. Die wird sich nicht einfach so von einer fußlahmen Polizistin festnehmen lassen!"

„Wieso denn festnehmen, Johann? Anja will nur nochmal die Bilder unter Melanies Bett inspizieren. Sie glaubt, dass sich darauf irgendein wichtiger Hinweis verbirgt, der bisher übersehen wurde."

„Die Urlaubsfotos am Wörther See mit Gunnar und Robert? Die zeigen die beiden doch nur in ihren gespielten Machoposen."

„Gunnar und Robert?“ Saskia stutzte. „Auf den Bildern, die mir Anja gezeigt hat, war immer nur ein Typ zu sehen.“

Johann lachte. „Reingefallen! Die beiden sind eineiige Zwillinge. Man kann sie praktisch nicht unterscheiden. Es sei denn, man weiß von dem kleinen Muttermal, das nur Gunnar am Hals hat. Zu Schulzeiten haben die Zwei das immer wieder ausgenutzt und ihre Lehrer zur Verzweiflung getrieben. Wie will man den richtigen Zwilling zur Rechenschaft ziehen, wenn man nicht zweifelsfrei belegen kann, wer wann wo was angestellt hat? Der Höhepunkt an Unverfrorenheit war, dass sie einmal ihre damaligen Freundinnen getauscht haben, ohne dass diese etwas bemerkten. Echt verrückt, die beiden. Was haben wir gelacht damals. Allerdings haben die Mädels sie fallen lassen wie heiße Kartoffeln, als sie es rausgefunden haben. Aber das war es den Zwillingen wert gewesen.“

Saskia zückte ihr Handy, tippte eine Kurznachricht, und drückte auf „senden“.

40

Wie geruhsam waren doch früher ihre Sonntage gewesen: Frühmorgens ein ausgiebiges Frühstück mit ihrem Vater, anschließend eine gemütliche Radtour zu Saskia auf den Reiterhof, wo sie sich hingebungsvoll um ihre geliebten vierbeinigen Freunde kümmerte, vielleicht mit einem Ausritt ins Gelände als Höhepunkt.

Heute dagegen war sie durchgefroren in einer provisorischen Schneehütte aufgewacht, hatte Todesängste ausgestanden und war von einem Helikopter gerettet worden. Im UKM war sie nach allen Regeln der ärztlichen Kunst versorgt worden, gleichzeitig hatte man ihr nahegelegt, sich im Beruf vorerst zurückzuhalten und keine unnötigen Belastungen für ihr Bein auf sich zu nehmen. Trotzdem konnte sie jetzt nicht einfach still auf dem Sofa liegen und den Dingen ihren Lauf lassen. Solange sie noch Ideen hatte, wie sie der Aufklärung des Haberkorn-Mordes ein Stück näher kommen konnte, musste sie aktiv werden.

Deshalb saß Anja Klein nun im Fond eines Taxis auf dem Weg nach Froschhausen. Inoffiziell natürlich, denn sie war ja krankgeschrieben. Meier würde ihr Vorhaben wohl kaum gutheißen, aber ein Krankenbesuch bei Melanie Haberkorn stand nicht auf der Liste der verbotenen Aktivitäten. Auch die Ärzte hatten ihr keine strikte Bettruhe verordnet, sondern nur zur Mäßigung geraten. Immerhin hatte sie akzeptiert, dass die Schiene und die Krücken ihre Bewegungsfreiheit so sehr einschränkten, dass an eine Fahrt mit ihrem eigenen Auto nicht zu denken war. Aus Anjas Sicht gab es keinen Grund, sich zuhause zu verkriechen und Däumchen zu drehen. Sie wollte endlich herausfinden, warum ihr die Fotos unter Melanies Bett nicht aus dem Sinn gingen.

Was zum Kuckuck war nur so auffällig an Robert Schlegels Urlaubsfotos? Mal posierte er in knapper Badehose, mal in Shorts. Mal im schicken, taillierten Hemd, mal im enganliegenden Muskelshirt. Eben ganz normale Urlaubsfotos. Trotzdem glaubte Anja, ein winziges Detail übersehen zu haben. Warum konnte sie die Aufnahmen nicht nur als Beweis für sein selbstverliebtes Prahlen mit seinem gestählten Körper hinnehmen? Weil ihr sein Auftreten und sein theatralisches Gehabe von Anfang an unpassend vorgekommen waren?

Zu allem Überfluss gehörte ihm nun die Hälfte des Hauses am Riegsee. Ob er noch im Krankenhaus weilte, um seine Schussverletzung auszukurieren? Oder war er bereits gegen Kaution auf freien Fuß gesetzt worden und er nistete sich gerade im neuen Heim ein?

„Bitte holen Sie mich hier in einer Stunde wieder ab!"

Der Taxifahrer nickte zustimmend, wendete und fuhr weg. Anja staunte zum dritten Mal diese Woche über die Größe und Schönheit des Hauses.

Sie klingelte.

Wie schon befürchtet, war es nicht Melanie Haberkorn, die ihr öffnete.

„Grüß Gott, Herr Schlegel!", sagte sie betont freundlich.

„Hallo, Schätzchen. Du willst vermutlich zu meinem Bruder Robert, stimmt´s?"

Anja lief ein eiskalter Schauer über den Rücken. *Natürlich, der Bruder!* Sie erinnerte sich an die Gästeliste des Polterabends. *Warum hatte Melanie nicht erwähnt, dass die beiden Zwillinge waren und sich bis aufs Haar glichen?*

Aus dem Hausinneren drang eine laute Stimme.

„Weg von der Tür, Gunnar!"

„Zu spät", kam die amüsierte Antwort. Das aufgesetzte Feixen verstärkte Anjas Bedenken.

„Sieh mal, was für ein süßes Täubchen uns hier zugeflogen ist."

Anja wurde schlagartig klar, in welcher Gefahr sie sich befand. Sie dachte an Flucht, aber wie und wohin? Mit der verdammten Schiene würde sie nicht einmal das Gartentor erreichen.

„Finger weg!“, schrie sie, als Gunnar Schlegel neben sie trat und sie mit einem Arm grob in den Flur drückte. Die Haustür schloss sich krachend.

Robert Schlegel kam hastig die Treppe nach unten gerannt. „Das ist die Kommissarin, du Idiot!“, fluchte er. „Schaff sie in den Salon!“

„Stopp!“, rief Anja. Ihr war es gelungen, etwas Abstand zwischen sich und Gunnar zu bringen. Mit einer Krücke zeigte sie auf dessen Bauch, mit der anderen auf den Bauch von Robert. Das Muttermal an Gunnars Hals stach ihr ins Auge. Plötzlich fiel es ihr wie Schuppen von den Augen, was an den Bildern unter Melanies Bett nicht stimmte.

„Wer von Ihnen beiden ist nach Monte Carlo gefahren?“

„Das war ich!“ Gunnar freute sich diebisch, als wäre das alles hier ein lustiges Spiel. Offensichtlich hatte er den Ernst der Lage nicht begriffen.

„Halt die Klappe, Gunnar!“, brüllte sein Bruder.

Anja witterte ihre Chance. „Verrätst du mir, was du in Monte Carlo wolltest?“

Wie selbstverständlich war sie zum „Du“ übergegangen. Vielleicht würde das helfen, Gunnar auf ihre Seite zu ziehen.

„Zocken“, bekam sie zur Antwort.

„Schluss damit!“, brüllte Robert erneut. Anja hielt ihn mit der Krücke auf Abstand.

„Soll ich dir sagen, was dein Bruder in der Zwischenzeit gemacht hat?“

Irritiert linste Gunnar hinüber zu Robert. Der wollte antworten, aber Anja war schneller: „Du weißt es nicht?“

Gunnars Dauergrinsen löste sich in fragende Blicke auf.

„Er hat Victoria umgebracht und dann behauptet, in Monte Carlo gewesen zu sein. Dir ist doch klar, dass er dich als Alibi benutzt, oder, Gunnar?“

„So ein Blödsinn!“, tobte Robert. „Glaub ihr kein Wort. Die will uns doch nur gegeneinander ausspielen. Darauf wirst du doch nicht reinfallen, Gunni! Du weißt doch, dass du in Monte Carlo für ein paar Tage meinen Platz einnehmen solltest, damit Victoria und ich ungestört unsere Flitterwochen in den Bergen beginnen konnten.“

Gunnars Nicken sollte wohl symbolisieren, auf wessen Seite er stand.

Unvermittelt wandte sich Anja an Robert. „Einiges ist mir allerdings noch unklar, Herr Schlegel. Vielleicht können Sie mir etwas auf die Sprünge helfen. Zum einen würde mich interessieren, wie Sie an den Abschiedsbrief gelangt sind, und zum zweiten, warum Sie ihn dann auf dem Gipfel des Osterfeuerkopfes versteckt haben. Es wäre doch viel klüger gewesen, Victorias Tod wie einen Unfall aussehen zu lassen.“

Offensichtlich hatte Anja Robert Schlegel bei seinem Ego gepackt. Dass sie ihm Dummheit unterstellte, konnte er nicht auf sich sitzen lassen. Entsprechend gereizt konterte er: „Sie halten sich wohl für superschlau, was? Ohne Leiche - kein Erbe! So einfach ist das. Bei meiner ersten Frau dauerte es ewig, bis sie für tot erklärt wurde. So lange wollte ich dieses Mal nicht wieder warten. Da kam mir der Abschiedsbrief gerade recht. Nur durch ihn haben Sie an der richtigen Stelle nach Victorias Leiche gesucht. Außerdem bot er eine unwiderstehliche Gelegenheit, den Verdacht auf die arme, hasserfüllte Melanie zu lenken. Wie ausgesprochen entgegenkommend von Victoria, mir davon zu erzählen."

Gunnars Miene verfinsterte sich. „Hast du Victoria wirklich umgebracht?"

Robert vermied es, Blickkontakt zu seinem Bruder aufzunehmen und ihm zu antworten. Allmählich schien Gunnar zu dämmern, dass hier kein harmloses Spiel für Nervenkitzel sorgte. Schließlich hatte sein Bruder versucht, die Polizei hinters Licht zu führen, ohne ihm die Spielregeln zu verraten. Genau der richtige Moment für Anja, weiter auf Gunnar einzuwirken.

„Jetzt hör genau zu, Gunnar." Anja lehnte sich gegen die Wand, um ihr Bein zu entlasten. Eine Krücke zielte immer noch auf Robert. „Ich glaube nicht, dass du dich der Beihilfe zum Mord schuldig gemacht hast. Du bist lediglich mit Dokumenten deines Bruders nach Monte Carlo gefahren, im guten Glauben, ihm und Victoria damit einen Gefallen zu erweisen. Eine Kleinigkeit verglichen mit dem Verbrechen, für das Robert für lange Zeit im Gefängnis verschwinden wird."

Hilflos blickte Gunnar zu seinem Bruder.

„Schau mich an, Gunnar!" Anja stupste ihn leicht mit der zweiten Krücke. „Wenn du mir jetzt hilfst, deinen Bruder festzunehmen, wirst du ein freier Mann bleiben. Das verspreche ich dir."

„Halt die Schnauze!", schrie Robert und versuchte, die Krücke zu packen, die auf ihn gerichtet war.

Anja wusste, wo sie Robert Schlegel heftige Schmerzen zufügen konnte, doch ob es reichen würde, ihn außer Gefecht zu setzen, bezweifelte sie. Mit aller Kraft stieß sie die Krücke in seine rechte Schulter, genau dort, wo Melanie ihn mit dem Schuss aus ihrer Pistole getroffen hatte. Robert stöhnte auf, strauchelte und schlug dann mit dem Rücken auf die Stufen der Treppe.

„Gunnar, hilf mir!", rief Anja. „Jetzt hast du die Chance zu zeigen, dass du nichts mit dem Mord zu tun hast!"

Gunnar blieb wie angewurzelt stehen. Entscheidungen alleine zu treffen, war wohl nicht seine Stärke. Robert schien das zu wissen und versuchte, seinen Einfluss auf Gunnar auszunutzen und die Lage zu seinen Gunsten zu wenden.

„Lauf nach oben, Gunnar, und bring mir die Knarre, ja? Dann wird alles gut. Du wirst schon sehen.“

Sofort sprang Gunnar die Treppe nach oben. Anja sah ihre Chancen schwinden. Welche Optionen blieben ihr jetzt noch? All ihre Trümpfe waren ausgereizt. Hektisch setzte sie sich in Bewegung. Die Automatiktür zum Salon öffnete sich. Anja humpelte hinein, blieb still an der Seite stehen und wartete ab, bis sich die Tür wieder schloss. Die Sekunden schienen sich zu einer Ewigkeit auszudehnen.

Mit einer Krücke schlug sie auf den Motor ein, der die Tür antrieb. Nach einigen Treffern fiel der Motor scheppernd zu Boden. So schnell es ihr möglich war, schwang sie sich in Richtung der Terrassentür. Der Riegel klemmte, doch Angst und Zorn verliehen ihr die nötige Kraft. Der Weg nach draußen war frei.

Im Hintergrund hörte Anja, wie Robert und Gunnar sich an der Automatiktür zu schaffen machten. Das teure Designerstück aus Sicherheitsglas hielt ihren Schlägen und Tritten vorerst stand. Hoffnung keimte auf.

Dann folgte ein Knall. Gleich darauf ein zweiter. Glas splitterte. Schritte.

Anja sah über die Schulter zurück. Die Tür war ein Scherbenhaufen. Mittendrinn die zwei Brüder. Einer hielt die Waffe in seinen Händen, den Lauf eindeutig auf sie gerichtet.

Ein dritter Knall - ohrenbetäubend dieses Mal.
Sie stürzte.

41

W*o hat mich die Kugel getroffen?*

Wie schlimm bin ich verletzt?

Werde ich sterben?

Anja versuchte, ihre Lage zu begreifen. Der Knall hallte in ihren Ohren nach. Ihr Herz raste, der Puls hämmerte. Adrenalin hielt den Schmerz von ihren Nervenenden fern.

Ist das die Pistole dort im Scherbenhaufen?

Anja blinzelte mehrfach, um ihren Blick zu schärfen.

Die Brüder, nebeneinander im Türrahmen, leicht nach vorne gebeugt. Vor ihnen in Reichweite lag die Waffe, aber sie hoben sie nicht auf, rührten sich nicht. Nicht einen Zentimeter.

Steht die Zeit still? Wieso passiert denn nichts?

Der Moment - eingefroren.

Pause? Stopp? Standbild? Hat jemand vergessen, die Play-Taste zu drücken?

Sie wagte selbst kaum zu atmen, kontrollierte verstohlen ihren reglosen Körper.

Wieso verfärbt nirgendwo Blut meine Kleidung? - Kein einziger Tropfen?

Die Terrassentür - weit offen. Kalte Luft umströmte ihre Beine. Ein Windstoß wehte ihr Haarsträhnen ins Gesicht. Also war es nicht die Zeit, die stillstand.

Die Zwillinge waren erstarrt. Robert und Gunnar.

Ein Gedanke kam auf, nahm Form an, wurde greifbar:

Warum nicht abhauen?

Sie wagte es - rappelte sich mühsam am Türrahmen hoch und schnappte sich eine ihrer Krücken - die Brüder nicht aus den Augen lassend.

Sie kämpfte sich am Terrassengeländer entlang, brachte immer mehr Raum zwischen sich und die zu Salzsäulen erstarrten Männer. Bis zum Gartentor war es nicht weit, das konnte sie schaffen. Erst recht, wenn ihr niemand folgte. Und ihr folgte niemand.

Stattdessen erschreckte sie eine Stimme von links. Es war nicht irgendeine Stimme. Sie gehörte ihrer besten Freundin.

„Hey Süße! Alles klar?"

Saskia stand keine fünf Meter entfernt. Neben ihr - Johann Baum. Etwas weiter entfernt erkannte Anja Fred. Die momentane Erleichterung, so unerwartet auf Hilfe zu treffen, verkehrte sich in

Entsetzen angesichts der drohenden Gefahr für die drei.

„Was macht ihr hier?“, fauchte sie - die Augen weit aufgerissen. „Ihr müsst hier weg! Los! Abhauen! Sofort!“

Seelenruhig schlenderte Saskia auf sie zu. „Ohne dich gehen wir nirgendwohin.“

„Können wir reden, Anja?“ Johann sprang auf die Terrasse, nahm ihren rechten Arm und stützte sie.

Sie ahnen nicht, dass sie sich in Schussweite eines kaltblütigen Mörders aufhalten. Wie sollten sie auch. Es war an ihr, ihnen das begreiflich zu machen.

„Schnell zum Auto!“, schrie Anja. „Für Erklärungen ist später Zeit!“

In diesem Moment knallte im Hausinneren ein Schuss. Kurz darauf ein zweiter. Blitzschnell trat Fred an Anjas linke Seite. „Halt dich fest!“ Anja ließ sich nicht lange bitten. Hastig schlang sie ihre Arme um Freds und Johanns Hals.

Das Gespann stolperte los, die Stufen hinunter und in den Garten hinein. Weit kamen sie nicht.

„Halt! Stehenbleiben!“

Gunnar und Robert stürmten auf die Terrasse. Jeder mit einer Pistole in der Hand. Aus Roberts Oberarm quoll Blut, jemand hatte ihn erneut angeschossen.

Melanie, war Anjas erster Gedanke. *Wer sonst?* Sie musste Robert die Verletzung beigebracht und damit Anjas Leben gerettet haben. Kein Wunder, dass die Brüder bewegungslos verharrten, und Anja dadurch auf die Terrasse fliehen konnte. Melanie hatte sie in Schach gehalten. Doch dann musste Robert in seiner Wut die Waffe aus den Scherben gegriffen und auf Melanie geschossen haben, ehe diese reagieren konnte.

„Bleibt stehen, verdammt nochmal!“

Roberts Rufe waren unmissverständlich. Jeden Moment konnte der Kugelhagel einsetzen. Flucht war keine Option mehr. Jetzt brauchte es eine andere Strategie.

„Lasst mich runter, Jungs!“, befahl Anja. Fred und Johann gehorchten. Saskia blieb ebenfalls stehen.

„Hört mir genau zu“, rief Anja den Schlegels entgegen. „Das ist eure einzige Chance, der Höchststrafe zu entkommen.“ Schützend stellte sie sich vor ihre Begleiter.

„Ihr habt Victoria Haberkorn auf dem Gewissen. Und ihre Schwester Melanie verblutet gerade da drinnen.“

Anja zeigte auf das Haus.

„Glaubt ihr wirklich, ihr verbessert eure Lage, wenn ihr auch noch uns niederschießt? Man wird euch wie Tiere jagen, euch schließlich aufspüren und für lange Zeit wegsperren. Es gibt nur einen Weg, wie ihr diesem Schicksal entkommen könnt.“

„Und der wäre?“

Robert, der geistig agilere, hatte anscheinend angebissen.

„Als erstes lasst ihr meine Freunde mit dem Auto wegfahren. Stattdessen nehmt ihr mich mit als eure Geisel. Ich werde euch eine Möglichkeit zeigen, wie ihr unbemerkt über die Grenze kommt. Bis eine koordinierte Fahndung in Österreich anläuft, habt ihr schon einen guten Vorsprung. Sobald ihr in Sicherheit seid, könnt ihr mit mir machen, was ihr wollt."

„Kommt nicht in Frage!", schrie Johann und schob seinen Körper schützend vor Anja. „Da musst du mich schon erschießen, Robert!"

„Mich auch!", kreischte Saskia hysterisch und hakte ihre Freundin unter.

„Wir bleiben hier!" Wild entschlossen trat Fred zu den anderen.

Unbeeindruckt wandte sich Robert an Anja: „Wer sagt mir, dass deine drei Freunde nicht sofort die Polizei rufen, sobald sie im Auto sitzen?"

„Das werden sie nicht. Nicht, solange ihr mich als Geisel habt. Also gilt der Deal?"

„Komm erst mal rüber!"

„Nein, Anja! Nein, geh nicht! Das ist Selbstmord!" Verzweifelt hielt Saskia ihre Freundin zurück. Johann kam ihr zu Hilfe und packte Anja an den Schultern. Seine Worte duldeten keinen Widerspruch:

„Hör zu, Robert: Anja gehört zu mir. Sie wird nirgendwohin gehen. Du hast dich selbst in den

Schlamassel manövriert und du musst selbst wieder herausfinden. Wenn du fliehen willst, okay. Wir werden dich nicht daran hindern. Aber wir vier gehen jetzt rüber zu unserem Auto und du wirst uns nicht aufhalten."

„Halt dich da raus, Johann! Geh aus dem Weg, sonst knall ich dich ab!"

„Was ist nur mit dir los, Robert? Wir waren einmal die besten Freunde. Schon vergessen? Glaubst du im Ernst, du kannst deine Haut retten, indem du uns alle erschießt? Verschwinde lieber, solange noch Zeit ist!"

Robert hob die Waffe und zielte. „Du hast Recht, Johann. Das war einmal."

„Los, wir gehen zum Auto", sagte Johann, Anjas Hand fest im Griff.

„Bleibt stehen! Das ist die letzte Warnung!"

„Er wird schießen, Johann. Du musst mich gehen lassen." Anja flehte ihn an, doch Johann ließ sich nicht beirren.

„Wird er nicht", sagte er leise. Bis zum Gartentor waren es keine zwanzig Meter.

„Glaubst du wirklich, ich habe Skrupel abzudrücken? Da irrst du dich gewaltig!"

„Hört einfach nicht hin!", mahnte Johann. Weiter zum Auto, schnell!"

„Veronica hat auch nicht geglaubt, dass ich sie von Bord stoßen werde. Aber ich habe es getan. Hörst du mich, Johann? Auch bei Victoria habe ich keinen Augenblick gezögert. Dabei ging es mir nur um die Kohle der beiden. Jetzt steht meine Freiheit auf dem Spiel, meine Zukunft. Denkst du wirklich, ich lasse euch einfach abhauen?“

„Bleibt stehen!“, brüllte Johann und drehte sich zu Robert um. Zornesfalten gruben sich in sein Gesicht. „Du hast allen Ernstes zwei Frauen umgebracht nur ihres Geldes wegen? Veronica war ein herzensguter Mensch. Du hättest alles von ihr haben können. Was bist du nur für ein Riesenarschloch, Robert!“

„Bist du fertig mit deiner Moralpredigt? Falls du es immer noch nicht kapiert hast: Ich denke Zeit meines Lebens an meinen eigenen Vorteil. Andere Menschen sind für mich nur Mittel zum Zweck. Du bist da übrigens keine Ausnahme. Oder glaubst du, ich habe dich zum Polterabend eingeladen, um unsere alte Freundschaft wieder aufleben zu lassen?“

„Weswegen denn sonst?“

„Um dir den Mord an Victoria in die Schuhe zu schieben.“

„So ein Schmarrn!“

„Dein kleiner Bruder hat sich wegen Victoria umgebracht. Für die Polizei könnte das von Interesse sein, dachte ich mir. Mir war klar, dass die Gäste des Polterabends als erste befragt werden würden und du so schon bald in den Kreis der Verdächtigen rücken würdest.“

Fassungslos kehrte Johann seinem früheren Freund den Rücken. Die Mündung der Pistole war noch immer auf ihn gerichtet. „Lauft!“, flüsterte er in Saskias und Freds Richtung. Dann hob er Anja mit beiden Armen hoch, als wollte er sie mit seinem Oberkörper vor dem drohenden Kugelhagel beschützen. Büsche und Bäume nutzend, um Robert das Zielen zu erschweren, rannte er um Anjas und sein Leben. Anja betete zum Himmel, dass kein Schuss fallen und sie durchbohren würde. Wenn sie das Auto unverletzt erreichten, hätten sie eine Chance.

Saskia und Fred eilten voraus. Nur noch wenige Schritte trennten sie vom Gartentor. Hoffnung machte sich breit. Hoffnung, der Situation tatsächlich unbeschadet zu entkommen. Jeder überwundene Meter verringerte ihre Angst. Anja spürte den wachsenden Mut in der Gruppe. Sie glaubte, ein Lächeln des Triumphes in den Gesichtern der anderen zu erkennen. In nur wenigen Sekunden würden sie in Sicherheit sein. Wir schaffen es, wollte sie schreien.

Direkt vor ihnen das Tor - die Rettung zum Greifen nahe.

Doch dann ein Schuss. Ein über den Riegsee jagender Donnerhall.

„Weiter!“, schrie Johann.

Die Torangeln quietschten.

Der nächste Schuss. Schmerzensschreie. Panische Blicke zurück zum Haus, die sich in ungläubiges Staunen verwandelten.

Die Hände der Brüder - blutüberströmt.

Ihre Waffen - auf dem Terrassenboden.

Beherzt sprang ein Mann auf die Dielen.

Ein Kick. Ein Tritt.

Zwei Pistolen schlitterten übers Holz und rutschten über die Kante der Terrasse auf den schlammigen Boden. Der Mann registrierte es, behielt die Brüder aber fest im Blick. Beide Hände an der Walther P99, die Handschellen am Gürtel.

Er war kein Scharfschütze mit Helm und schusssicherer Weste, sondern ein Mann in Jacke und Hose:

Es war Kriminalhauptkommissar Meier.

42

„Wir kommen!“, rief Anja. Mit Unterstützung von Johann und Fred humpelte sie ihrem Chef entgegen, um ihm bei der Festnahme zu helfen.

„Halten Sie die mal!“ Meier übergab ihr seine Pistole. Kurz darauf klickten die Handschellen.

Meier koppelte das Handgelenk von Roberts unverletztem Arm an Gunnars rechten Knöchel. Eine effektive Methode, zwei Menschen mit nur einem Paar Handschellen zu fixieren. Die Brüder gaben jeden Widerstand auf und unternahmen erst gar keinen Versuch, wieder aufzustehen.

„Jemand verletzt?“, fragte Meier in die Runde.

Saskia, Fred und Johann schüttelten die Köpfe.

„Melanie“, entfuhr es Anja. „Wir müssen nach Melanie sehen!“ Hastig gab sie Meier die Pistole zurück.

„Nicht nötig!“ Die Stimme kam von der Terrassentür. Melanie Haberkorn stand im Türrahmen. Ihr blondes Haar wehte im kühlen Wind. Ein Ärmel ihres Kleides war blutgetränkt. Das leuchtende Rot war der einzige Farbtupfer der ganz in weiß gekleideten Frau.

„Aber Sie bluten doch!“, bemerkte Meier.

Melanie Haberkorn winkte ab. „Ist nur ein Kratzer. Robert prahlt zwar gerne mit seinen Schießkünsten, in Wahrheit ist er aber ein blutiger Anfänger. Er hat das Treppengeländer getroffen, mich hat nur der Abpraller gestreift.“

Anja fiel ein Stein vom Herzen. Die Frau, der sie ihr Leben verdankte, war nicht schwer verletzt oder gar tot, wie sie befürchtet hatte.

„Danke, Melanie!“, rief sie erleichtert. „Das war sehr mutig von Ihnen.“

„Ich hätte alles getan, um Sie zu retten“, antwortete Melanie Haberkorn mit fester Stimme. „Robert hatte mich in meinem Zimmer eingesperrt, aber dann hörte ich Ihre Stimme. Ein Glück, dass ich schon als Kind gelernt habe, Schlösser auf eher unkonventionelle Weise zu öffnen. Und auch, dass ich meine Pistole vorschriftswidrig in meinem Zimmer aufbewahre, hat sich hier als Segen erwiesen. Sie haben als Einzige an meine Unschuld geglaubt. Niemals hätte ich Sie diesen beiden Monstern überlassen.“ Bei dem Wort „Monster“ zeigte sie auf die am Boden liegenden Brüder. Anja zog ihr Handy aus der Manteltasche und telefonierte. Kurz darauf heulten in der Ferne Sirenen von Polizei- und Krankenwagen.

„Wolfgang?"

Wolfgang Meier drehte sich nicht um. Nach wie vor hielt er Augen und Waffe auf die Schlegels gerichtet.

„Ist Ihnen klar, dass Sie unser aller Leben gerettet haben?" Anja wollte sich bei ihrem Chef bedanken, ihm zeigen, wie glücklich sie darüber war, dass er so überraschend hier aufgetaucht und so beherzt agiert hatte. Am liebsten wäre sie ihm um den Hals gefallen, hätte ihn gedrückt und geküsst vor lauter Freude, aber das kam nicht in Frage. Nicht solange er sich darauf konzentrierte, das Brüderpaar in Schach zu halten. Und so beließ sie es bei einem zurückhaltenden „Dankeschön", das Meier mit einem wohlwollenden Nicken zur Kenntnis nahm.

„Danken Sie nicht mir, sondern Ihrer Freundin Saskia", sagte er dann. „Sie hat mich darüber informiert, wo Sie stecken und dass Sie möglicherweise in Schwierigkeiten sind."

„Saskia! Wie oft telefonierst du eigentlich mit meinem Chef?"

Saskia reagierte nicht. Ihre Aufmerksamkeit galt gerade nicht Anja. Fred stand neben ihr, mit einer Rose in der Hand. Der Stiel war gebrochen. Die Blüte hing welk zur Seite. Anja hörte ihn fragen: „Wollen wir nicht mal zusammen ins Kino gehen?"

Saskia winkte Anja zu und lachte übermütig. „Siehst du, Anja, wir enden doch nicht als alte Jungfern!"

„Wo sie recht hat, hat sie recht", bestätigte Johann und schloss Anja fest in die Arme. Seine Augen waren blauer als der See. Sein Kuss süßer als Honig.

„Alle mal herhören", rief Melanie Haberkorn plötzlich in die Runde. „Zu meiner nächsten Party seid ihr alle herzlich eingeladen."

Johann blickte auf: „Wir kommen nur, wenn du versprichst, keine Abschiedsbriefe mehr rumliegen zu lassen!"

Alle lachten.

Selbst Meiers Mundwinkel gingen nach oben.

- ENDE -

Danksagung

An dieser Stelle möchte ich das Wort direkt an Sie richten, liebe Leserin beziehungsweise lieber Leser.

Ich freue mich, dass Sie sich auf das neue Abenteuer meiner Protagonistin Anja Klein eingelassen haben. Das macht mich stolz und dankbar.

Ich hatte die Absicht, ein kurzweiliges und spannendes Buch zu schreiben. Eines, das man gern in einem Zug durchlesen möchte. Gleichzeitig wollte ich das Blaue Land in Ihr Bewusstsein rücken, weil ich so begeistert bin von diesem wunderbaren Fleckchen Erde.

Falls Sie Ihre Eindrücke mit mir teilen möchten - nur zu! Ich freue ich mich über jede Nachricht an: MordimBlauenLand@gmail.com

Ganz herzlich bedanken möchte ich mich auch bei den regionalen Buch- und Schreibwarenhändlern sowie den umliegenden Museen und Touristen-Informationen, die dabei helfen, meine Kriminalromane einem breiten Publikum zugänglich zu machen.

An der Vollendung dieses Buches hat wie schon beim letzten Mal Ute Paprotny mitgewirkt, deren ausgezeichnetes Gefühl für Sprache ich sehr bewundere. Vielen Dank für Deine Unterstützung, liebe Ute!

Der größte Dank gebührt Dir, liebste Katja. Mit Dir die Rechtschreibreform rauf und runter zu diskutieren, mit Deiner Hilfe die Eigenheiten der deutschen Grammatik zu durchdringen, mit Dir gemeinsam unermüdlich nach treffenderen Formulierungen zu suchen, macht mir wahnsinnigen Spaß. Noch dazu bist Du die Person, die mir - zusammen mit unseren Kindern - am meisten bedeutet. Du bist meine Gefährtin fürs Leben.

Für all das danke ich Dir!

André Schliebs Murnau im November 2021

Printed in Poland
by Amazon Fulfillment
Poland Sp. z o.o., Wrocław

84560466R00160